# つま先にキスして

野原　滋

幻冬舎ルチル文庫

CONTENTS ✦目次✦

つま先にキスして




✦カバーデザイン＝久保宏夏（omochi design）
✦ブックデザイン＝まるか工房

イラスト・鈴倉 温 ✦

# つま先にキスして

テントの外で笑い声がしている。

あのだみ声は『やおまさ』のオヤジだ。貞夫《さだお》が礼を言っているから、差し入れを持ってきたのだろう。さっさと入ってくればいいのに、その場でガラガラと話し込んでいる。

反対側では忙しく動き回っているらしいスタッフの怒鳴り声が、ひっきりなしに聞こえている。照明の位置確認と音の調節が最終段階を迎えているようだ。夜になっても風も起こらず、昼間の熱気を放ったままだ。スタッフは汗だくで走り回っていることだろう。

だけどテントの中も灼熱地獄《しゃくねつじごく》だ。扇風機を入れてもらってはいるが、その電源を取るバッテリーが、テントのすぐ裏で物凄《ものすご》い音を立てながら熱気を放っている。これでは扇風機の意味がない。

『やおまさ』のオヤジがまだ笑っている。何がそんなに可笑《おか》しいのか。

だんだんイライラしてきた。

差し入れはビールじゃねえのか。冷えたうちに早く持ってこいよ。喉《のど》が渇いてんだよ。動けねぇんだよ、動くと汗かくから。

待ってんだよ。察しろよ。今日は俺が主役だろうが。主役そっちのけで楽しそうに笑ってんじゃねえぞこのスットコドッコイ。野菜売ってるくせにタコみてえなツラしやがって。茹《ゆ》でられてえのか。

心の中では口汚く罵《ののし》っているが、その表情は能面のように無表情だ。

少しでも動かすと、ヒビが割れそうで動かせない。上に紙を押しつけたら、そのまま魚拓《ぎょたく》が取れそうなほどの厚化粧だ。いや顔だから顔拓か。瞬《まばた》きをする度にバサバサと音がする睫《まつ》毛《げ》は、たぶん一センチ以上はある。肩に載った縦ロールの金髪は、首に手榴弾《しゅりゅうだん》をぶら下げたようだ。とにかく重い。首がもげそうなほど重い。

外ではタコがまだ笑っている。化粧の圧迫感と暑さによる不快感が、殺意に変わっていく。あと三秒だけ待ってやる。三つ数えるうちにビール持ってこねえと、茹でる。吊《つる》す。逆さにしておろす。

「うぃーす」

直樹《なおき》が殺人鬼に豹変《ひょうへん》する前に、人が入ってきた。

ぎ、ぎ、ぎ、と、音の出そうな案配で首を回すと、幼なじみが立っていた。クリーニング店の貞夫だ。

「……ビールか？　ビールだな。ビールなんだろうな」

無表情のまま、貞夫に向けて手を差し出す。直樹に睨《にら》まれた貞夫は一瞬ハッとして立ち止まり、それからニヤ〜と笑った。

「似合うねえ。ホント、お人形さんのようだ。てか、服着ろよ、直樹。その顔でパンツ一丁はねえだろ。興醒《きょうざ》めだぜ」

「いいんだよ。この暑いのに服なんか着てられっか馬鹿野郎《ばかやろう》。早く寄越せよ、冷えたヤツ」

ニヤニヤしたままビールを寄越してくる手から、引ったくるようにしてそれを取り上げ、喉を鳴らして一気に流し込んだ。煽《あお》ると同時に被《かぶ》っていたカツラの重みでひっくり返りそうになるのを、飲み干さないでなるものかという執念で踏みとどまる。

ビールから口を離さずに、相変わらずニヤけた顔をしている貞夫に頭を抑えろと指示を出す。貞夫は笑ったまま直樹の後ろ頭に手を添えて、直樹がひっくり返らないよう、手伝ってくれた。

「んめえ！　足りねえ。もう一本！」

「おい、一本にしとけよ。踊れなくなるぞ」

「いいんだよ」

「よくねえって。主役が千鳥足じゃ、お客さんに申し訳ねえよ。みんなおまえのステージ待ってんだぜ？」

「逆だよ。しらふでできるかこんな格好！」

怒鳴り返してビールを引ったくる。しゃべってみると、多少表情を動かしても顔が崩《くず》れないことが確認できたから、遠慮なく普段通りの暴言を吐き、盛大にビールを煽った。

「それにしても流石《さすが》だな。やっぱプロにお願いして正解だったよ。去年とは雲泥《うんでい》の差だ」

直樹の顔を眺めた貞夫がしきりに感心している。

「プロっつったって、新米だろ。気持ち悪くてしょうがねえ」

美容学校を卒業して青山だかのサロンだかなんだか、直樹の興味の範囲外に今年就職した、やはり幼なじみが今日はメイク担当だった。

「文句言うなって。おまえ、ド突かれるぞ」

「知らねえし。化粧厚いんだよ。バリバリなんだよ。重てえんだよ！」

誰にもぶつけられなかった怒りを、ここぞとばかりに貞夫にぶちまける。直樹の扱いに慣れている貞夫は、怒るでも宥《なだ》めるでもなく、その怒りを受けとり、へらへらと笑っていた。生まれたときからの間柄だ。直樹が口汚いのも、短気なのも、発散させさえすれば収まるのも、全て分かっているという笑顔だった。

「じゃ、そろそろ支度始めようか」

直樹の落ち着くタイミングを計り、貞夫がテント内に置いてある、ハンガーラックを見やった。そこにはこれから直樹が身につけなければならない『衣装』たちがつり下がっていた。ヒカヒカした光沢のある黒の布地に、白のレースがペラペラと付いている。裾《すそ》の広がったそこからも、レースが出ていていやらしい。ファスナーの付いた後ろ身頃には、大きなリボンが張り付いていた。いわゆるメイド服というものらしい。

ベロンと舌を出したように干してあるのは、膝上《ひざうえ》まである靴下だ。ご丁寧にフリルまで付いてやがる。

忌々《いまいま》しい衣装たちだが、そこまでならまだ許せる。許せないのは、その横に鎮座している

「アレ」だった。

「……なあ、やっぱり、それも着けるのか？」

「ソレ」を手に取った貞夫に、珍しく気弱な声で聞いてみる。

「あたりめえだろ。これなくして完璧《かんぺき》はあり得ない」

声音《こわね》は笑っているが、目が真剣だ。

「……いらねえんじゃねえ？　見えないし」

「馬鹿野郎っ！　ハム子の厚意を無駄にするのか！　おまえはっ！」

貞夫が怒鳴った。

「ほら、立て」

言われるまま渋々立ち上がり、貞夫に背中を向けた。「ほら」と渡されたブラジャーに無言のまま腕を通す。後ろで貞夫がホックを着けてくれた。

「おう。はまったな。よかったよかった。さすがハム子のだ」

「よくねえよ」

「まだ言うか！　ハム子がいなかったらどうにもなんなかったんだぞ！」

ハム子、もとい、公子《きみこ》は精肉店の看板娘だ。学校帰りには必ずハム子んちでハムカツを食っていた。今でもハム子を見るとハムカツが食いたくなる。

華奢《きゃしゃ》な態《てい》で、背もあまり高いほうとはいえない直樹だが、そこは男の骨格だから、普通の女性の下着なんぞ着けられない。いや、だから、そもそも着ける必要があるとは到底思えないのだが。

直樹のそんなものいらねえよという訴えを無視し、友達思いの貞夫は、町内中の知り合いに声を掛け、直樹に合うブラジャーを探してくれた。親切な女性陣は自分のブラジャーが今日のステージに役立つならと、概《おおむ》ね協力的だったという。そして結局ハム子のブラジャーが直樹のもとへとやってきた。ハムカツですくすくと育ったハム子のブラジャーは巨大だった。

直樹の胴回りに巻き付いたそれに、貞夫がせっせとタオルを詰め込んでいる。

「あんまり詰めんなよ。ファスナー閉まんねえぞ」

「そうだな。彼女のは小振りだもんな」

真剣な顔つきで、貞夫が何度も何度も何度も両手でカップを押さえ、大きさを整えている。これほど真剣な顔をした貞夫を見るのは、中学でエロ本を持ち込みそれを教師に取り上げられ、必死に取り返そうとしていたとき以来だった。いや、そのエロ本に載っていた女の下着の部分を指で擦《こす》ると中が見えるらしいという噂《うわさ》を信じ、一心不乱に擦っていたときの顔だ。指から煙が出るほど擦り続け、しまいには穴が空いていたが。

直樹の胸の形を納得するまで整え、次にはメイド服を着せられる。後ろでファスナーを上げる息が荒かった。

長い靴下を苦労して履く。「ここだっ」と貞夫が叫ぶ場所で止まったニーソックスとドレスの裾とのあいだの幅は、絶対に譲れない貞夫拘《こだわ》りの領域がある。

「靴はなあ。これだけは残念だ」

下に置かれた靴に足を入れると、貞夫が無念だというように溜息《ためいき》を吐《つ》いた。

「仕方ねえだろ。無理だよ八センチヒールなんか」

それでも直樹の履いたスニーカーにはかかとが付いている。白地にラメの入った靴は、今日のために貞夫が自腹を切ったものだ。

出来上がった直樹の姿を、貞夫が眼《め》を細めて眺めた。概ね満足のいく出来映えらしい。

「だよな。踊れないとどうしようもねえしな。ほら、くるっと回ってみな」

促されて、素直に回ってみせる。ひらりと軽くターンをし、ピタリと止まって小首を傾《かし》げた。ここまで来たら直樹にも覚悟ができている。上目遣いに貞夫を見つめ、うふ、と微笑《ほほえ》むと、「うおーっ」と吠えた貞夫が拳を振り上げ天を仰いだ。

「どう？　似合う？　貞夫君」

声まで変わっている。自分で自分の才能が恐ろしい。

「本物だ。おまえ、本物だよ。天使だ。天使がここにいる」

感激のあまり貞夫の目元は潤《うる》んでいた。

「一姫《いちひめ》ちゃん！」

豪徳寺《ごうとくじ》一姫——冗談のような名前を持つ彼女を知らない日本人はいない。豪徳寺グループの名を知らない者もいないだろう。

建築、旅行、通信、流通、食品、美容、芸能。全ての産業に、豪徳寺グループが関わっているといわれている。テレビをつければスポンサー名にそれを聞かない番組はない。

その巨大企業の広告塔、豪徳寺一姫は、豪徳寺グループのトップである社長、豪徳寺徳治《とくじ》郎《ろう》の愛娘《まなむすめ》だといわれているが、あまりにも雲の上の存在過ぎて、誰にもその真相は分からない。

ある日突然現れて、日本中を席巻《せっけん》したトップアイドルだった。

特異な出《い》で立《た》ちを好む彼女は、メディアに登場する度に、観る者の度肝を抜くような奇抜な衣装とメイクを施していた。そのファッションは一夜にして日本中を虜《とりこ》にし、世間には膨大な数の「一姫もどき」が出現した。

二年足らずの活動のあと、アイドル業は卒業すると宣言し、一時日本に於ける全ての企業の株価が暴落したともいわれている。

メディアに顔を出すことは少なくなったが、引退して数年経《た》った今も尚《なお》、一姫人気は衰えず、今日、直樹はその恩恵に与《あずか》っているわけである。

きっかけは高校の文化祭だった。

一姫ブームが全盛期だったその頃、直樹は一姫に仕立て上げられ、そこでライブを行った。ライブを仕切ったのは貞夫だ。熱狂的な一姫ファンである貞夫は、かなり早い段階で、直樹の秘めた才能を見抜いていた。

華奢な体。リズム感のよさ。乗りやすい性格。そんな直樹を煽《おだ》て、祭り上げ、ときには厳しく指導し、完璧な一姫もどきを作り上げた。

ライブは大成功だった。その日を境に直樹の生活が一変した。教室には他クラスの生徒が覗《のぞ》きに来、生写真が高値で取引され、トイレに行けばゾロゾロと行列が付いてきた。一時期、他の学校の生徒まで直樹の高校へ訪れ、出待ちをしたほどだ。

高校を卒業し、同じ商店街で育った幼なじみたちもばらばらに巣立っていった。進学する者。就職する者。旅に出る者。

その中の何人かは地元である、ここ花咲町《はなさきちょう》に残り、そのまま親の店を継ぐ形で働き始めた。直樹も貞夫もその中のひとりだ。貞夫はクリーニング店、直樹は鮮魚店『魚タツ』の二代目で、花咲商店街の若衆軍団と呼ばれている。

商店街の青年部として、町の活性化に精力的に参加した。今日の納涼盆踊り大会も、彼らの運営する行事のひとつだ。

高校を卒業し、初めてこの行事に参加したのが二年前。そのときはカラオケ大会の参加者のひとりとしてステージに上がった。それがまた話題を呼んだ。三年間、学校のステージで磨きを掛けた直樹の歌と踊りは観衆を魅了した。

そして今年、『花咲商店街主催、直樹・オンステージ』は、この祭りのメインイベントになったわけである。貞夫の力の入れようが半端ないのも無理のないことだった。

会場では、すでに一姫コールが上がっている。去年ここを訪れた者、噂を聞いて駆けつけた者。野太い声で、「いっちひっめちゃーん！」と叫ぶ集団が直樹の出番を待ってタオルを振り回していることだろう。

「そろそろ時間だ。直樹、いや一姫、準備はいいか」

貞夫の真剣な声に、笑顔で頷《うなず》く。

「ああ。上手《うま》くいくか？」

「絶対に上手くいく。ちゃんと袖で見ててやる。ほら」

差し出された拳《こぶし》に自分の拳をコツン、と当てる。ステージ前のおまじないだ。

「よし。行ってこい」

貞夫に送り出されて舞台に向かう。不満も羞恥《しゅうち》も今はもう消え失《う》せていた。あるのはこれからステージに立つという、心地《ここち》好い緊張と、恍惚感《こうこつかん》だけだった。せり上がってくる興奮で、体が熱い。だが汗はもう出なかった。アイドルは顔に汗をかかないのだ。

背筋を伸ばし、真っ直ぐに光の射すステージに目を凝らす。イントロが流れ出した。会場の一姫コールが一段と熱を増す。舞台袖まで付いてきた貞夫がポンとひとつ、背中を叩《たた》いた。

光に向かって一歩踏み出す。

何回も何百回も鏡の前で練習した一姫スマイル。音楽が鳴れば、自然とそれが出来上がる。

——みんなが待っている。

直樹は今、豪徳寺一姫の仮面を被った。


『直樹・オンステージ』は大盛況だった。

二百人を超える観衆の前で、直樹は一姫になりきった。ステップを踏む足は蝶《ちょう》のように軽く、その笑顔は空で瞬《またた》く星よりも輝いていた。アンコールに応《こた》え、三曲余分に熱唱した。

締めには一姫お決まりのポーズ、腰を捻《ひね》り、Vを作った右手をこめかみに当て、これもお決まりのセリフ「キュートでキュー！」と笑顔で叫ぶ。「うおぉぉお！」という地響きのような歓声に向けてウインクをしてみせると、最前列の集団が、膝をついて悶絶《もんぜつ》した。

俺はやった。

真っ白な灰になるまで燃え尽きて、テント内の椅子《いす》にグッタリと沈み込んでいた。

「流石だな。よくやったよ、直樹。俺が育てただけのことはある」

自画自賛する貞夫に突っ込む元気も残っていなかった。ファスナーを下ろされ、メイド服を剝《は》ぎ取られ、足を持たれて靴下をすっぽ抜かれ、またトランクス一丁の格好にされるまで、おもちゃのように貞夫のされるままだった。

「なっちゃん！　凄かったよ！　可愛《かわい》かった」

ブラジャーを外してもらったところで、ハム子がドドンと入ってきた。

「おう、助かったぜ、これ。借りたもん、母ちゃんに新しいの買ってもらって返すからな」

返事のできない直樹の代わりに、貞夫が如才なく挨拶《あいさつ》をしている。

「いいわよう。たってのなっちゃんの頼みだもの。どうしてもって言われて、断れないじゃない？」

ハム子が胸の前で手を結び、体を揺すった。チビTのようなシャツから出た二の腕がタフタフと揺れている。シャツに描かれた楕円の模様はたぶん、原型は水玉だったと思われる。

「……俺は頼んでねぇ……」

「いや！　マジで！　助かったぜ！　おら、直樹！　礼を言え！」

目の前に貞夫がクタクタのブラジャーを差し出して脅してきた。

「…………………」

グイグイと鼻先にハム子のブラジャーを押し付けられる。

「……ども」

よし、と頷いて、貞夫がブラジャーを直樹に手渡してきた。

渡されても。どうすりゃいいんだ？

「打ち上げは何時からだ？　トシのところだろ？　もうみんな集まってんのか？」

トシも同級生だ。今は大学に通っている。トシの家は居酒屋を経営していた。直樹の店のお得意様でもある。

「うん。こっちの片付けはおじちゃんたちがやってくれるって。トシんとこには今、奈々《なな》ちゃんが行って手伝ってる」

奈々は直樹の妹で、ハム子とは親友同士だった。

「じゃ、早いとこ片付けて打ち上げ行こうや」

貞夫の声に、ハム子が「そうだそうだ」と、今思い出したように「なっちゃんにお客さん来てるよ」と告げた。

「客？」

「なんだなんだ。ファンはお断りだぞ。キリがねえからな」

マネージャーよろしく貞夫が仕切っている。

「それがさあ」

ハム子はちょっと困ったように直樹を見やった。どうやら単なるファンとは違うようだ。

貞夫の許可を得て、テントに入ってきた男は、スーツを着ていた。

このくそ熱い盆踊りの夜に、真っ黒のスーツを纏《まと》って立つ姿は、場所にまったくそぐわない。外気よりも更に熱気の籠《こ》もったテントの中で、不快な表情もせず、まるでホテルのラウンジにでもいるような、涼しげな出で立ちでそこにいる。

場違いな雰囲気を漂わせ、男は直樹を凝視した。

虚脱して座ったままの直樹を、値踏みをするように眼を細めながら見つめている。上から下へと降りた視線がまた上がり、直樹の握りしめているブラジャーの上で止まった。

「及川《おいかわ》直樹さんですね」

出される声もまた涼しげだった。落ち着いた低い声。大きくもない声なのに、祭りのあとの喧噪《けんそう》の中でも充分に響いた。上品な低音は、間違っても「花咲町音頭」なんか歌わないだろうと思われる。

燃え尽きている直樹の代わりに貞夫が一歩前に出た。こういうとき、直樹の面倒を請け負うのはいつだって貞夫の役目だったから、直樹も黙って任せていた。

だが、男は貞夫を一瞥《いちべつ》し、また直樹に視線を向けてくる。あくまでおまえに用があるのだと、静かな圧力がかかるのを感じた。

その視線に促されて直樹が立ち上がると、男はまた、ふむ、というように、直樹の全身を眺めた。

貞夫がその視線から直樹を隠すように、また一歩前に出た。

「どちらさんでしょうか」

後ろに回ると直樹がすっぽりと隠れてしまう身長を持つ貞夫の声に、臆《おく》する様子もなく、男は貞夫の後ろに立つ直樹に尚も声を掛けてきた。貞夫には敵《かな》わないが、男もかなり背が高い。

「申し訳ありませんが、お人払いをお願いできないでしょうか」

直樹は黙って貞夫を見上げた。

オヒトバレー？

それってなんだ？

そんなもん持ってねえぞ？　今持ってんのはハム子のブラジャーだけど。

あ、これ？　オヒトバレー？

「その必要はないと思いますが」

貞夫が答えている。

そうなのか。オヒトバレーは必要ないのか。

「失礼ですが、あなた様は？」

あなた様と呼ばれた貞夫は「こいつのマネージャーです」と答えている。男は「ああ」と柔和な笑みを浮かべ、また直樹のほうを見やった。

「先ほどのステージを拝見しました。いや素晴らしかったです。本物の一姫に引けを取らないものでした」

褒められて、貞夫がふん、と鼻を鳴らした。得意になると鼻の穴が広がるヤツだった。

「今日のステージを仕切ったの、俺です」

「ああ。どうりで。素晴らしかったですよ」

「こいつを育てたのも俺なんで。まあ、こいつとは一心同体みたいなもんなんで」

「それは素晴らしい」

「だから話は俺を通してください」

「そうなんですか」

「こいつ馬鹿《ばか》なんで」

「ああ」

「たぶん話の半分も理解できないと思うんで」

「それはそれは」

穏やかな会話が続いている。

男は納得したというように頷いて、更に柔和な表情で笑った。涼しい顔をしているが、笑うと随分印象の変わる人なんだなと、ぼんやりと眺めていた。何故《なぜ》そんなに笑っているのかは分からなかったが。

貞夫に向けていた笑顔が直樹にもう一度向けられた。口元は笑みを浮かべたままだが、真《ま》っ直《す》ぐにこちらを射貫く視線は、とても強い。

「申し訳ありませんが、及川さん。私はあなたに話があるのです。どうか聞いていただけませんか」

「ええっと……」

パンツ一枚でカツラを被り、冗談のような厚化粧を施したままの直樹に、男が言ってくる。穏やかだが、はっきりとした意思を告げる声には有無を言わさぬ迫力があった。

自宅。鮮魚店『魚タツ』の店舗の二階に直樹はいた。

隣には難しい顔をした一代目、直樹の親父《おやじ》が腕組みをしている。母親がお茶を運んできて、反対側の隣に座った。妹の奈々は打ち上げ会場に行っているため、ここにはいない。

夏祭り会場に訪ねてきたスーツの男に説得され、直樹は自宅に連れてくることになってしまった。直樹と直樹の家族に、どうしても聞いてもらいたい話があるからと。

「一姫プロジェクト　芸能チームマネージメント業務　東江忍《あがりえしのぶ》」

座卓に置かれた名刺の文字を、お茶を置くのと引き替えに、手にした母が読み上げた。

そうか。これで「あがりえ」と読むのかと、変なところで感心していると、その男は「及川直樹さんをスカウトしに参りました」と言った。

「実は、今日参りましたのは、及川直樹さんに是非《ぜひ》、我が社で活躍の場を提供させていただきたく」

豪徳寺グループの広告塔である豪徳寺一姫の一切のマネージメントを請け負っているのが、この「一姫プロジェクト」だった。それが直樹をスカウトしにきたという。

「すげえ……」

すぐには信じがたい事実に、言葉が出てこない。思わず感嘆の声を漏らしたものの、解《げ》せない思いも残る。

一姫プロジェクトとは、文字通り一姫のためだけに作られた組織で、他のタレントを抱えているなどとは聞いたことがない。そんなところに何故直樹をスカウトしたいと言ってきたのか。

直樹の疑問を察したのか、東江と名乗る男はまた穏やかな顔を作った。

「お察しの通り、私どもは一姫のためのチームです。今日、直樹さんをお訪ねしたのも、正直申しまして、一姫を助けてはもらえないかということでして」

柔和ながらも真剣な表情は、縋《すが》るような眼差《まなざ》しに変わっている。ほんの僅《わず》かな目の動きだけで、様々な表情を作ってみせる人だなあと、直樹は感心した。

説明するまでもなく、一姫は日本を代表するアイドルだ。主な芸能活動は数年前に一応休業という形は取ってはいたが、それでも豪徳寺グループのCMには登場する。映画やコンサートで海外からアーチストが来日すれば、メインゲストとして呼ばれるし、豪徳寺グループが主催するパーティなど、活躍の場は引きも切らない。

流通、金融を牛耳《ぎゅうじ》っていると言われている豪徳寺グループは、日本の政治をも動かす力を持っているといわれている。財界トップの催しには、必ず一姫の姿が見られた。

その一姫が重大な病に罹《かか》り、そうした活動にストップが掛かっているのだと、東江は悲痛な面持ちで語った。

幸い命に関わるような病ではなかったが、治療に数ヶ月から一年掛かるという。一姫の健康は第一だが、さりとて今後のスケジュールを全てキャンセルするとなると、その損害は甚大だ。日本の財政界にも影響が出るのだそうだ。

東江の話が世界規模に及んだところで、直樹の理解を超えてきた。

とにかく大変なことが起こっているらしい。だが、その世界滅亡のような危機に、自分がどう関わって、スカウトの話に繋《つな》がるのか、直樹はすでに分からなくなっていた。

「そこでですね」

「そりゃ、無茶だろう」

腕組みを解《ほど》いた親父が言った。

「今日拝見して確信しました。大丈夫です」

「無理なもんは無理だ」

話が分からないのに、東江と親父が会話を進めている。

「何が無理なんだ？　親父。話が全然見えねえんだけど」

親父と東江が同時に直樹を見つめ、そのあとはまるで何事もなかったようにしてまた会話を始める。

「ほらな。ここまできて分からねえほどの馬鹿なんだぞ、こいつは」

「いや、そこはなんとか」

「なんともなんねえって。まあ、仮にだな、今日のようにステージでキャンキャン歌うだけってんなら、なんとかごまかせてもよ。セレブのセレモニーだのパーティだのに出るんだろ?」

「まあ、そういう活動がメインになりますね」

「無理だな。言っちゃあ悪いが、うちの息子は馬鹿だ」

親父が息子の馬鹿さ加減に太鼓判を押している。

「こちらでその辺は教育チームを作ってですね」

「教育って。タコに垂直跳び教えるようなもんだぞ」

「ひでえな、親父」

「そうだろうがよ。俺ぁ長年おまえを育ててきたんだ。おまえのことはおまえより知ってるんだ。そんなもん、金魚に海で泳げっていうようなもんだって」

酷《ひど》い云《い》われようだが直樹に反論する材料はない。

「及川直樹さん」

東江が直樹を真っ正面から見つめてきた。

「あなたの力が必要なんです」

「はあ」

「どうか、一姫、いや、豪徳寺グループ、いや、日本を助けると思って、ご協力をお願いしたい」

姿勢よく正座していた東江が、畳に付くほど低く頭を下げた。

「一姫の影武者として、その声と体を貸してほしい」

「……え？」

「直樹、断れ。無理だ」

「……あ？」

「無理ではありません」

「一姫の影武者って。……なに？」

ここまで聞いてもまだよく分かっていない。

「あなたに、一姫の代わりを務めてほしい。つまりは一姫に成り代わって、一姫の格好をし、一姫が活動する全てを演じてほしいのです」

ゆっくりと、噛《か》んで含めるように東江が説明をしてくれて、やっと少し、事態が飲み込めてきた直樹だった。

「でも俺、男だぞ？」

「そこは問題ないです」

「問題ないのか？」

「ありません」

きっぱりと東江が言い切った。

「あなたには才能がある」

まっすぐに、真剣な目が直樹を射貫く。

「こちら側も万全の態勢であなたをフォローいたします。どうか」

そう言って、また長身を折り曲げ、頭を下げる。

馬鹿だ馬鹿だと言われ続けた二十一年間。自分でそれは知っている。唯一の特技は人の物《もの》真似《まね》。低音から高音まで、奏でる声は自由自在だ。馬鹿でも特技はあるもんだと、感心されたことはある。それを目の前の男は「才能」だと言った。助けてくれと頭を下げている。

生まれて初めての経験だった。

「もちろんそれ相応の報酬はご用意させていただきます」

「いくら？」

「金なんか関係ない。駄目だ」

親父が遮った。

「前金で取りあえず五百万」

「ごひゃく！」

「給料として、一ヶ月、百万でどうでしょうか」

そして無事勤め上げ、一姫が復帰した暁には、報奨金として更に五百万出すという。

「一姫の健康状態によっては、任期終了時に契約更新の打診をする可能性もありますが、取りあえずは一年契約ということで、如何《いかが》でしょうか」

「そうすっと、一年だと……幾らだ？　親父」

「てめえで計算しろ」

「二千二百万です」

東江が親切に答えてくれる。足りない頭で皮算用が始まった。

二千二百万円。それだけあれば、店のリフォームができる。それどころか、家と店、全取っ替えできそうだ。

それから。

あれもこれもの皮算用は止まらない。

「俺、やってみたい」

「やめとけ。直樹、おまえには無理だ。そんな大それた計画に乗って、失敗したらごめんなさいじゃ済まないんだぞ。何て言ったって天下の豪徳寺なんだ」

「そこは私どもが全力でフォローいたします。責任を持って直樹さんをお預かりいたしますので、どうか」

「駄目だ」

「お願いいたします！」

頭を下げ続ける東江と、直樹と親父の睨み合いが続くが、親父はガンとして首を縦に振らない。

「どうしても……お許しいただけませんか」

哀願に近い東江の声にも、親父は頑固に口を結んだまま、ピクリとも動かない。

「非常に残念です」

やがて諦《あきら》めた東江が立ち上がった。

「それではこれで失礼いたします。今日の件は、是非ともご内聞にお願いします」

畳の上に立ったまま、もう一度頭を下げた東江が、直樹を見つめた。精悍《せいかん》な眉が微《かす》かに寄せられている。その哀《かな》しげな表情に、直樹は胸を打たれた。階段を下りていく背中に思わず付いていく。

「あの。どうすんの？　一姫、病気なんだろ？」

一姫の危機は日本の危機なのだと聞かされた。男の直樹に影武者をしてくれと頼みにくるほど切羽詰まった状態であることは、いくら直樹でも理解できた。それを断られたら、いったいどうなるのだろう。

黙って靴を履き、店を出る東江の後を尚も付いていく。

「あのっ。俺、やるよ」

先を行く背中が振り向いた。

「だって、困ってるんだろ？」

駄目もとでやってみてもいいんじゃないかという気がしないでもない。直樹ならできると、全力でフォローすると言っていたのだ。

「本当に？」

確かめるように直樹の顔を覗《のぞ》く東江に、頷いてみせる。

「親父はああ言ってるけどよ、あんたは大丈夫って思ってんだろ？　上手くいきゃあ金も入るし。天下の豪徳寺がフォローしてくれるっていうなら」

「それはもちろん。全力でお世話いたします。直樹さんならいけると、そう思ったからこうしてお話をしにきたのですから」

車に乗せられ、アタッシュケースから出してきた書類を渡された。運転手付きのリムジンは、二人で並んで座っても、まだ充分なスペースがあった。

「よく読んで。納得されたらサインをこちらに」

難しい漢字の並ぶ書類を目で追いながら、ふと、貞夫の顔が浮かんだ。今頃トシの店で直樹が来るのを待っているはずだ。

「あの。貞夫に相談しちゃあ……まずいか？」

生まれてからずっと一緒に行動してきた親友だ。何をするにも一緒で、あいつなしで動いた試しがない。自分がスカウトされ、一姫の影武者をするなんて言ったら、あいつは何て言うだろう。親父のように無理だと言うだろうか。それとも頑張れよと背中を叩いてくれるだろうか。あいつがやってみろよと言ってくれたら、できるかもしれない。

直樹の言葉に東江は困ったように僅かに首を傾げ、「申し訳ありませんが」と言った。

「これは最重要機密です。今日のことはご家族以外には知られるわけにはいきません。ご家族にも厳しく口止めをさせていただきます」

「そっか」

まあいいか。秘密だというなら仕方がない。直樹にやる気があるというなら、親父には東江がなんとしても説得すると言ってくれている。やってみて、無理ならそこで諦めて帰してもらえばいい。ほら見たことかと叱《しか》られて、やっぱり馬鹿だったと笑われて、それで終わりだ。

さあ、と促され、気軽にサインをした。この迂闊《うかつ》な行動のせいで、自分がとんでもない目に遭わされることなど、考えにも及んでいないのは、やはり馬鹿故だった。

何処《どこ》かのビルの最上階。

地下駐車場からエレベーターに乗り、直接通された部屋は、直樹の家と店全部を入れてもまだ余るぐらいの広さがあった。

車に乗って四十分近く、ここが何処なのか分からない。まだ都内であるだろうとは見当が付いたが、定かではない。大きな窓は、分厚いカーテンが閉められていて、外の景色も見えなかった。

「なあ、ここどの辺？」

「これからおまえにはここで生活をしてもらう」

東江が直樹の問いには答えず、用件だけを述べた。しかもいきなりの「おまえ」呼ばわりだった。先ほどの穏和な表情はすっかり消え失せ、何が気に食わないのか、眉間《みけん》に皺《しわ》を寄せ、怒ったような顔をしている。

サインをし、では参りましょうと車に乗ったまま、ここに連れてこられた。家に一旦戻ることも、打ち上げに行くことも許可されなかった。善は急げというやつかと、これも単純に納得して、まんまと連れてこられてしまったわけである。

「ここで完璧な一姫になるための訓練をしてもらう。まずはそのふざけたしゃべり方だな。いいか。一姫は生まれたときからのお姫様だ。潑剌《はつらつ》としているが、言葉はあくまで上品に。決して下世話な言葉遣いなどしないように。それからその立ち居振る舞いだが……おいっ、人の話を聞け」

東江が蕩々《とうとう》と説明をしているあいだ、直樹は落ち着きなく部屋の中を徘徊《はいかい》していた。フカフカのソファに飛び込み、クッションを抱いてみたり、家から履いてきたビーサンを脱いで、毛足の長い絨毯《じゅうたん》の感触を足の裏で楽しんだりしていた。

「なあ、カーテン開けてもいい？」

「駄目だ。まずここで話を聞け」

「なんでだよ。外見ないとここがどこだか分かんねえだろが。あれ、なんだよ、開かねえぞ」

「こら、引っ張るな、引っ張るな。これはそうやって開けるのものではない」

東江が慌てて直樹をカーテンから引き剝《は》がす。どうやら電動でカーテンが開く仕組みになっていたらしい。面倒臭い。

「なんだよ金持ちって物ぐさなのな。これぐらい自分で開けろっつんだよ。まどろっこしいな」

「いいから、まず座れ」

唸《うな》るような声を発する東江に従って、またソファにドスンと飛び込むが、すぐさま目に入った壁の絵を見にいこうと立ち上がった。

「おい。座れと言っている」

「これ、誰が描いたの？」

壁に掛けてあるのは、様々な魚をモチーフにした水彩画だった。淡水魚から海水魚まで、生態を無視した色とりどりの魚たちが、空中を飛ぶように描かれている。鮮魚店のせがれとしては、大いに興味を引かれた。

「間違ってるぜ。この種類とこの種類は一緒にいちゃいけねえ」

「いいから。それはそういうものなんだ」

「なんで？」

「いいからまず私の話を聞け」

だんだん東江の顔つきと声音が変わってきた。様々な表情を自在に操る男は、やはり自在に怒りのボルテージも上げられるらしい。

千の仮面を持つ男、東江忍。

直樹に妙なキャッチフレーズを付けられた東江は、剣呑《けんのん》な表情のまま直樹を睨んでいる。

窓の外を見ることも許されず、ここが何処かも教えてもらえない。結局東江が促す通りに話を聞かないと、自分の質問には答えてもらえないらしい。そう気が付いて、直樹はようやくソファに腰を下ろした。

尻《しり》を付けた途端に沈み込むような弾力に素直に体を預け、仰向《あおむ》けにひっくり返った姿勢のまま、足を肘掛《ひじか》けにかけた。

畳の部屋しか持たない直樹の家にはソファなんかなかったし、あったところで畏《かしこ》まって座るような行儀は教わっていない。ここでしばらく生活をするというのなら、自宅にいるように寛《くつろ》ごうと判断した結果のふんぞり返り方だった。

そんな直樹の姿を見た東江が、メモ帳が二、三枚は挟めるんじゃないかと思うような皺を、眉間に作った。

「……なるほど。おまえの父親の言う通りだった」

「あ？　親父がどうしたって？」

「まあいい。おまえは自分の意思でサインをしたんだ。サインをしたからには黙って従うんだな。まずは私の話を聞け。そして話を聞くときは足を下ろせ。下ろした足を閉じろ。手は膝の上っ。猫背っ！　背筋を伸ばせ。爪先《つまさき》が外側を向いているぞ。だから閉じろ。手は膝の上だと言っただろうが。……鼻くそをほじるなっ」

直樹の仕草のいちいちを注意し怒鳴り声を上げる。話を聞く前から説教を喰《く》らわされ、ゲンナリしてしまった。

「俺、やっぱり止《や》めた。無理だわ、こんなん」

さっさと立ち上がり、ドアに向った。

親父の言うことを聞けばよかった。やはりひとりで決めると碌《ろく》なことがない。金は惜しかったが、直樹には荷が重すぎた。

出口に向う直樹を、慌てる様子もなく東江が見守っている。

こちらもやはり無理だったと諦めたのだろうと思った。高級車に乗れただけでも話の種になった。早いとこ打ち上げに合流して、酒を飲みたいだけ飲もう。

……と、ドアの前で立ち止まった。

ドアの開け方が分からない。自動ドアか？

そう思い、前をウロウロしてみても、手をかざしてみても、ドアが動く気配がなかった。重厚な扉は体重を載せて押してみるがビクともしない。じゃあ引いたらどうだろうかと思うが、ドアノブが見当たらないのだ。

「ふ、ふ、ふ」

後ろから不気味な笑い声が聞こえた。

「おい、ドア開けろ」

「このドアは開かない」

「へ？」

「だからおまえはここから出られない。観念するんだな」

「出られないって……なんだよそれは。じゃあ外出るときどうすんだ？　だいたいこっから出られないって、それはあんたも一緒だろ。あんた、ずっとここにいんのか？」

それはとても嫌な想像だ。

四六時中こんな五月蠅《うるさ》いのと一緒にいて、ちゃんと座れだの、話を聞けだの、鼻くそほじるなだのと言われたくない。

「このドアは、指紋認証で開くことになっている」

ドアの横にあるパネルがその認証システムらしい。電気のスイッチかと思っていた。

「登録されている指紋は、私とスタッフのみ。その他の誰にも開けられない。もちろんおまえの指紋は登録していない。する必要もないからな」

東江は邪悪な笑みを浮かべながら、部屋の隅、勉強机というよりは、社長のデスクのようなテーブルに置いてある電話を指した。

「用があるときは、ここから電話をしろ。外出をするとき以外は一切ここから出ることは許さん。おまえはここで、一姫の一からを学び、一姫になりきる訓練をするんだ」

食事は運ばせる。入り用なものは全て揃っているし、なければ電話で事足りると、唖然《あぜん》としている直樹に東江が淡々と言った。

確かに部屋には他にもドアがあり、浴室もトイレも完備されているらしい。そこにはドアノブはちゃんと付いていた。

「外出は仕事のときのみ。出れば忽ち《たちま》パパラッチの餌食《えじき》になるからな。仕事さえこなしたらまたここに帰ってきて次の仕事に備えてもらう。おまえは一年ここで過ごすことを承諾したんだ」

「そんなこと聞いてねえ！」

思わず怒鳴る直樹に、東江は余裕の表情で一枚の紙をかざして見せた。

「契約書にちゃんと書いてあるぞ？　おまえはそれにサインをした。そうしてもらう。これは契約だ」

「詐欺だ！」

「人聞きの悪いことを言うな。ほら、ちゃんと見ろ。書いてあるだろうが」

東江から引ったくるようにして手に取った紙を凝視する。……漢字が多くて読めなかった。サインをしたときも漢字を飛ばして読んだのだ。

「破いても無駄だぞ。それは複写だ。本物はもう保管してある。別の場所にな」

ふは、は、は、と、悪代官のような笑い声を上げ、東江が直樹を見返してきた。

「だから、どうあってもおまえにはやってもらう。逃げようと思うなよ。どうせ逃げられやしないが。それから適当なことも許さない。きっちり仕事はやってもらう。そういう約束だからな。できない場合、その契約書にも書いてあるが、おまえにペナルティが課せられることになっているから」

言われてもう一度紙に目を落とす。やはり漢字が分からない。読めるのは、金一千万円と書いてある数字と、自分が書いたサインのみだ。

「ペナルティなんてどこにも書いてねえぞ？」

黙って近づいてきた東江が、その金額の書いてある箇所を指した。指摘された箇所をもう一度読んでみるが、やはり分からない。一千万円くれるとしか。

「『遂行できなかった場合、契約違反として、罰金一千万円を甲は支払うこととする』」

厳かな声で読み上げる東江。直樹は首を傾げた。意味が分からない。

「罰金？」

「そうだな」

「コウ、って、何？」

「おまえのことだな」

穴が空くほど紙を凝視してみる。

「騙《だま》したわけではないぞ。文字を小さくして誤魔化《ごまか》そうともしていない。堂々とここに書いてある。私はよく読んで、納得したならサインをしろと言った。おまえは納得してサインをしたんだ」

遅ればせながら、ようやく事態が飲み込めて、その重大さに改めて青くなった。

「一千万って。そんな金ねえよ！」

「ではやるしかないな」

「できねえよ」

「では一千万払え」

なんという巧妙な罠《わな》だ。どっちに行っても地獄が待っている。目の前には鬼のような東江と、一姫に扮するための特訓地獄。逃げれば借金地獄。

「どうする？」

東江がテーブルに置いてある受話器を手にとって聞いてくる。

「帰るというなら車を出そう。だが、サインした以上、違約金は払ってもらう。多分店を売ってても借金は残るだろうな。そのあとの家族の生活はどうするんだ？　妹さんがいるんだろう。奈々さんといったか。大学の試験があるそうじゃないか。それも諦めることになるな。残念だ」

この男。

いつの間に調べたのか。直樹の家庭の事情も把握しているらしい。直樹が食いつくだろうと踏んでいたのだ。

確かに今、及川家は金が欲しい。そういう状況であることを事前に調べ、こうしておびき寄せたのだろうことが、今の東江の表情を見ていれば、直樹にも理解できた。

「死にものぐるいでやってもらうことになるが、まあ懸命にやれば一年後には釈放だ。それに金も入ってくる。止めれば今から借金に追われることになるぞ」

唇を噛んで、東江を睨み返す。

与えられた選択は二択。そのうちひとつは完全に潰《つぶ》されている。残る道を選ぶしかないのだと分かっていて、それでもおまえはどうするのかと試すように、受話器を持った東江の手が直樹に向けられた。

「……分かったよ。やりゃいいんだろ。やるよ。くそ。やってやるよ！」

やけくそで叫ぶ直樹の声を聞き、東江が笑った。テントで見せた表情とはまるで違う、儀礼的な笑顔だ。その表情のまま、持っていた受話器に向かって話し始めた。誰かに何かを命令している。ふて腐れてソファに沈む直樹に目もくれず、すぐに始めるからと言っているのが聞こえた。

何が始まるんだろう。

ソファに沈んだまま考えてみるが、あまり物事を深く考えたことのない直樹は、そこで思考を放棄した。

考えたって仕方がないのだ。自分で決心してここまで付いてきたのだ。やれと言われたことをやるしかない。ここまで来たら一年後、なんとしても二千二百万を手にしたい。

受話器を置いた東江が直樹のほうを向いた。だらしなく座っているのをまた叱られるかと思い、心持ち姿勢を正す。騙されたようで癪《しゃく》に障るが、やると言ったからにはやらなければならないんだろう。馬鹿だがその辺の決断は早い直樹だった。

直樹の覚悟を見て取ったのか、東江は比較的普通の表情をしていた。怒りも安堵《あんど》も映さない、淡々とした表情だ。

「それでは早速、脱いでもらおうか」

「へぁ?」

素《す》っ頓狂《とんきょう》な声が出た。

驚いている直樹に東江は、変わらず冷静な声で立ちなさい脱ぎなさいと命令する。

「なんで？　何すんの？」

いいから脱げと脅されて、シャツを脱ぐ。下も？　と目で聞くと、黙って頷かれ、それも脱いだ。

最後に残った下着も取れと言われ、流石に慌てた。

「なんで全裸なんだよ。関係ねえだろ、これは」

「そうだが下着が邪魔だ。体の線を見ているんだ。ツベコベ言わずに全部脱げっ！」

パンツのゴムに手を掛けて、ちらりと振り返ったが、東江は眉ひとつ動かさず直樹を睨みつけている。いつまで待ってもやっぱりいいとは言ってもらえず、仕方なくパンツから足を抜いた。前を隠すように手を添えると、それも邪魔だと一喝される。

スーツ姿の男の前で、全裸のまま回ってみろだの腰を捻ってみろだの命令され、涙目で従った。

「細いな。肉付きが少し足りない」

まじまじと眺め、東江が感想を言った。どれだけ食べても脂肪の付かない体は、やはり肉より魚を多く食しているからだと思っている。

「太腿《ふともも》も筋肉が付き過ぎている。……ミニは止めておいたほうがいいか」

トップアイドルとして日本の流行を動かしていた一姫のファッションは、常に変化していた。今日直樹が祭りでやった扮装はデビュー当時のファッションで、メイド服を瞬く間に世界に浸透させたのも一姫だ。

彼女の素顔を知る人はいないと噂《うわさ》される一姫メイクは、研究し尽くされ、渋谷に行けば百バージョンの一姫に会えると言われている。

本物の一姫は女の子にしては背が高い。肉付きも今どきのアイドルと比べ、決して痩《や》せているとはいえないものだった。そこが健康的でいいのだと、人気に拍車が掛かっていた。だから男の直樹が一姫の扮装をしてステージに上がっても、あまり違和感がない。

その長身で、八センチヒールを履いて飛び回る。弾《はじ》けるような元気さが売り物で、なおかつ生まれついての品の良さが嫌みでなく滲《にじ》んでいる。清楚《せいそ》で可憐、元気いっぱいキュートでキュー！　が、彼女のキャッチフレーズなのだ。

いろいろと感想を述べられながら、いつまでこんな格好を晒《さら》していなければいけないのかと思っていると、ドアがノックされた。

入ってきたのは女性二人だった。

思わず前を隠して体を縮める直樹に、にっこりと笑いかけた二人は、「失礼します」と直樹を浴室に連れていった。

自分の部屋よりも広い浴室で、抵抗する間もなく体を洗われる。体中に付いた泡と一緒に、全身の毛を剃《そ》られた。つるつるにされた肌に、薬のようなものを塗りたくられる。

「発毛抑制剤ですが、定期的に処理をさせていただきます」

いいと断る暇もなく体を拭《ふ》かれ、何やら甘い香りのするヌルヌルしたものをまた塗りたくられた。

「一姫様ご愛用のローションです。私どものいないあいだも、これを朝晩お使いください」

それから、と、何やら怪しげな瓶を出してきた。中には薬らしき錠剤が入っている。

「就寝前にこちらを一錠ずつ、お呑《の》みください」

「何？　薬？　どこも悪くねえけど」

薔薇《ばら》の絵柄のラベルが貼られた小さな瓶は、如何にも怪しげだ。毎晩呑むうちに、胸でも膨らんでくるんじゃねえか？

「薔薇の体臭を作るタブレットでございます。毎日服用することで、体から薔薇の香りが漂います。豪徳寺製薬で開発されました」

説明を受けるあいだに体の全ての箇所にメジャーを巻かれ、あらゆる場所のサイズを測られた。

今日のところはこれをと渡された着替えに袖を通す。シルクという素材に触れたのは初めてだった。ふわりと心地好い肌触りだが、部屋着と言われたその服は、どう見てもネグリジェ、いや、貞夫の持つ雑誌に載っていた、ベビードールという代物《しろもの》だった。

シルク地の布は流石に肌が透けるようなことはなかったが、いくらなんでも今ここで、こんなものを着る義理はない。

お付きの二人が出て行くと、すぐさま脱ぎ捨て他に身に着けるものはないかと探すが、そこにはタオルとバスマットぐらいしか残されていなかった。

仕方がないので大判のバスタオルを腰に巻いて浴室から出るなり、東江に恫喝《どうかつ》されることになる。

「勝手なことをするな。何故あれを着ない」

「んーなこと言ったって、着れるかよあんなもの」

「『そんなことをおっしゃられても、着られませんわ』」

「あ?」

「言葉っ！　今度そういう口をきいたら承知しないぞ。それから『あ?』ではない。疑問があるときは『失礼。もう一度おっしゃってください』もしくは『何でしょうか』もしくは黙って笑顔で首を傾げていろ」

たったの一言に対して機関銃のような言葉が返ってくる。とてもじゃないが直樹の頭では賄《まかな》いきれない情報量だった。

「……あー、あのー」

「言葉の前にそういう『あー』だとか『あの』という曖昧《あいまい》な音を付けるな。頭が悪いと思われる。頭が悪いんだから仕方がないが、できるだけ隠せその頭の悪さを」

頭が悪いと何度も言われ、流石に落ち込んだ。

「それで、なんだ？　何が言いたいんだ。言ってみなさい。ちゃんと順序立てて説明をするんだ」

促されて大いに困る。なんであんなチャラチャラした衣装を部屋の中でも着せられるんだと言いたいが、東江の要求通りに順序立てて、しかも上品な言葉遣いでなんか、とても言えない。

「ええと」

「ええとはいらない」

「あうー」

「おまえは私を馬鹿にしてるのか！」

「そんなことは、ないでござる！」

とっさに出た直樹の答えに、東江の眉がこれ以上ないというぐらいまで吊《つ》り上がったかと思うと、次には盛大な溜息が漏れた。

皺の刻まれた眉間には、今はボールペンでも挟まるんじゃないかと思われた。

ああ、納豆食いてぇなあ。

目の前に広がる豪華絢爛《ごうかけんらん》な食事の前で、直樹はぼんやりと考えていた。

ふっくらと焼き上がった卵の塊は、レストランのウインドウに飾られているサンプルのような完璧な形をし、金粉が混ぜてあるんじゃねえかと疑うぐらいに光っている。

卵焼きは好きだしこれも味は悪くはないが、わざわざナイフとフォークを使う意味が分からない。食パンに挟んでかぶりついたほうが美味《うま》いし手間がないのに。だいたいこの茶色いソースが不気味だ。なんで卵焼きにわざわざソースがいるのだ。トリュフだかなんだか知らねえが、大根おろしに醤油《しょうゆ》をぶっかけたほうが絶対美味いのに。

スープだと言われたが、飲み方が分からない。だってカップの上にキノコみたいなパンが被さってて、これじゃあ飲めねえじゃねえか。スープだっつってんのに、上にパンを被せる意味が分からない。

ナイフとフォークを握りしめたまま、チラリと視線を泳がせる。適当なことをすればすぐに怒号が飛んでくるのは分かっていた。

「……ナイフで軽く切れ目を入れて」

言われる通りにする。

「そのまま内側に、ああ、上から刺さない刺さない。押すように。そう。中に生地を入れて」

教えられる通りにスプーンに持ち替えて、浸したパイ生地ごとスープを飲んだ。こってりとした液体が流れ込んでくる。パイ生地の甘さとスープの塩味が絡まって美味かった。

「肘をあげない」

夢中になりかけた直樹にまた声が掛かり、ハッとして止まる。

ああ、味噌汁が飲みてえなあ。

大体直樹は御飯党なのだ。朝は白飯に納豆に味噌汁。もしくは前日の残りもんを漬けにした刺身を御飯にかけたぶっかけ丼。時間がなければ立ったまま食べるときだってある。

それが朝からこの有様だ。

顔には完璧に化粧を施し、着ているものはワンピースだ。おまけに八センチヒールのパンプスまで履かされている。生活の全てを一姫仕様にという東江の方針だった。

早起きは苦痛と思わない。鮮魚店を継ぐ二代目としては、むしろ遅いぐらいだが、二人のスタッフに手伝ってもらいながらの支度に一時間、その後朝食に一時間というこの段階で、すでにグッタリだった。しかも地獄はこれから延々と続くのだ。

目の前では地獄の番人が睨んでいる。腕組みをし、鬼の形相《ぎょうそう》で食事風景を監視され、美味く感じるわけがない。

あらかた食べ終わり、食後のコーヒーを出され、番茶が飲みたいと思いながらそれを啜《すす》り、今日のスケジュールを告げている東江の声を聞いていた。

スケジュールといっても、昨日と変わりはない。話し方のレッスンをし、立ち居振る舞いのレッスンをし、少しでも早く一姫の影武者として仕事ができるようにとの訓練の日々が繰り返されている。

ここに拉致《らち》されてから一週間。それなりに頑張っている直樹だが、東江に言わせれば、まだまだ人前に出せる代物ではないということだ。

直樹自身、このまま一年が過ぎてしまうのではないかと思うぐらい、ことは順調には進まなかった。

大体、初めから男の自分が一姫の影武者など無理な話なのだ。いくら大柄で、素顔が分からないからといって、なんで自分なんかに話がきたのかと、今になって疑問に思う。東江だってきっと事の無謀《むぼう》さに今頃失敗したと思っているだろう。なのに一向に諦めようとしないのだ。

そろそろ諦めてくれないかなあと、ぼんやりと尚も今日のスケジュールを蕩々と述べている東江の口元を見ていた。

「……で、今日から英語のレッスンを受けてもらうわけだが」

その口からとんでもない単語が飛び出した。

「え?」

「それからダンスも。こちらは講師の都合で週に三回の予定だ」

「ちょ、ちょっと待って」

「ダンスといっても、ステージのほうじゃないぞ。社交ダンスだからな。間違えるなよ」

「はぁ?」

「出席するパーティでは踊る機会も多い。諸国の来賓客をもてなすのが重要な仕事のひとつだ」

「シャコーダンスって……俺が？」

「当たり前だろう」

テレビで観たことがあるが、あれを自分がやらなければならないのかと鳥肌が立った。当然自分がやるのは女性側なのだから。しかも八センチヒールを履いて。

「無理だよ。できない」

「何故だ？　ダンスは得意だろう。相手がいるだけだ」

「無理だって。あんな、ラッチャッチャッチャって、薔薇とか咥《くわ》えて仰《の》け反《ぞ》るんだろ？」

テレビで観た二人は審査員みたいなのの前に並び、上半身を小刻みに震わせながら前進していた。笑顔が恐《こわ》かった。

「……おまえは社交ダンスというものを誤解しているようだな。それは競技用だ。普通はそんなことはしない。それに覚えるのはせいぜいワルツぐらいだ。誰もＶＩＰ相手にタンゴやサンバを踊れとは言っていない。なに、そちらのほうはそれほど心配はいらないだろう」

東江が珍しく楽観的な見解を述べた。

「頭を使うより余程おまえには楽だと思うがな」

そうだ。問題はその前の発言だった。

「英語ってなに？」

「外国の言葉だ」

「知ってるよ、それぐらいは」

「一姫はフランス語もスペイン語も堪能だ。お小さい頃から諸外国を回られていたからな。安心しろ。おまえにそこまでは望んでいない。英語だけだ」

「だけって。俺日本語も上手くねえぞ」

「そうだな」

即答だった。

「でもやってもらわなければ困る」

直樹だって困る。

「やるんだ」

断言かよ。

「つか、あんた俺にできると思う？　そんなこと」

東江が真剣な眼で直樹を見つめる。

「確かにおまえは日本語すら不自由だ」

「だろ！」

「だがやってもらう。それが契約だからな」

「どうやって！」

「叩き込む」

「……誰が？」

目の前の男がにやりと笑った。

「文字通り、叩いてでも刷り込んでやるから、安心しろ」

「あんた英語しゃべれんの？」

「当たり前だ」

「当たり前なのか？」

そんな凄《すご》い当たり前は聞いたことがない。

聞けば、東江は中学、高校、大学と、学生時代のほとんどをイギリスで過ごしていたのだという。キングスイングリッシュと言われても、直樹にとっては外国語に変わりなく。しかもしゃべれるのはそれだけではないという。

そんなものは常識だと言われても、世間一般の常識すら身についていない直樹に、そんな常識を説いても仕方がない。

そういえば丸一週間、この男にほぼ一日中絞られていて、本人のことを何も知らないことに気が付いた。豪徳寺グループの社員であることぐらいで、年すらも知らないのだ。

「なあ、東江。あんたっていくつなんだ？」

ぴく、と東江の眉が上がり、例のメモ帳挟みの皺が寄り、慌てて言い直す。

「東江さんは年は幾つなんでしょうか」

「『さん』はいらない。私は表向きは一姫の付き人だからな」

その割にこの堂々とした態度はどうなんだろうと直樹は思う。名前だって「忍」なのに全然忍んでない。むしろ前面に出ているじゃないか。

「二十九だ。今年で三十になるが？」

何か文句はあるかという態度だ。

「イギリスの大学出て、こっち戻って、ここに就職したのか？　……したん、でしょうか」

一週間一緒にいて、この男がかなり有能であることは、直樹にだって分かった。やることにそつはないし、微塵《みじん》の隙《すき》も見せない。頭だって直樹の百倍はいいのだろう。

豪徳寺の持つ会社は他にもあるし、幾らでも自分の能力に合った仕事を選べそうだ。何も好き好んで直樹の教育係をやらなくてもいいと思うのだ。直樹にとって災難なことではあるが、東江のほうがむしろ災難なのではないだろうか。

「転職とか考えなかったの？」

「何故だ？」

「だってさ。つまんないだろ。こんな出来の悪いのの相手なんてさ」

「ストレスにはなるな。馬鹿の相手は」

歯に衣《きぬ》を着せぬとは、こういうことなのだなと、ひとつ勉強になった。

「なあ、あんたもさあ、そろそろ分かっただろ？　契約違反って言われてもさあ。結局上手くいかなきゃ全部パーだって。俺に掛ける時間がもったいないないと思わない？　他に探せばいるだろ、もっと適したのが」

金は惜しいが、これぱかりはどうしようもない。軽々しくサインをした直樹も悪かったが、たかが盆踊り大会での余興を見てスカウトしたのだって浅はかだったと思うのだ。

「まだ一週間だ。もう音を上げたのか？」

その言葉にぐっと詰まる。直樹だって努力でなんとかできるものならなんとかしたい。だけど。

「英語とか……無理だもん」

せめて人並みの頭を持っていたら、頑張ってみようと思うのだろうが、直樹にはそれができないという自信がある。

「半年後にR国の大使を接待するパーティが予定されている。それまでに形になればいい。毎日みっちりやれば、日常会話ぐらいはなんとかなるだろう」

なんとかなるって……。そりゃあんたには簡単なことなんだろうけどよ。

俯《うつむ》いたまま手にしたコーヒーカップに目を落とす。

勉強というものが苦手で大嫌いだった。机に向かってじっとしているという行為は苦行に近く、本なんか読んだ日には五秒で寝られる自信がある。

意味の分からないもの、興味を引かれないものには見向きもしなかった。親も体が丈夫ならまあいいかと、早い段階で諦めてくれた。「将来店を継ぐんだから、釣りの計算さえできりゃいい」と大らかな態度で、直樹も単純にそれに従った。

学校は友達に会いに行く場所で、直樹にとっては遊び場だ。女の子のような容貌《ようぼう》と、ギャップのある性格は親しまれたし、直樹には物真似の特技が備わっていた。先生の声真似をしては皆を笑わせ、流行《はや》りの歌も誰よりも上手に歌えた。

なんとか高校まで無事卒業できたのは、全て貞夫を始めとする、幼なじみの存在だった。試験前になれば、付きっきりで直樹にヤマを教え、直樹はそれだけを丸覚えする。ヤマが当たれば万々歳で、外れることも往々にしてあったが、学校には追試という便利なものがあり、それはほぼ前回と同じ問題だったので、今度はそれを丸覚えする。大波小波でそれらを乗り切り、今までやってきたのだ。

大学進学なんて考えもしなかったし、このまま親父の店を継ぎ、地道に商売を覚え、身の丈にあった生活をし、たまに仲間と馬鹿騒ぎをしながら楽しく過ごしているはずだった。

それがなんでこんなことになったんだろう。

やっぱり俺が馬鹿だから？

親父は無理だと反対した。直樹だって今はそれが正解だったと身に染みている。ひとりで決断すると碌なことがない。

金が欲しかった。

東江が頭を下げた。

今は眉間に皺を寄せまくりで直樹を叱りつけてばかりいるが、あのときの必死な表情が演技だったとは、今でも思っていない。

助けてくれと、君の才能が必要なのだと言われ、誰かに必要とされた喜びが確かに芽生えたから、のこのこと付いてきてしまったのだ。

できることなら直樹だって期待に応《こた》えたい。

見つめていたコーヒーカップを、大きな手が静かに取り上げていった。直樹の手から離れたそれは、音もなくテーブルにあるソーサーに載せられる。

「無理だとは思っていない」

今までになく柔らかい声に、え、と顔を上げる。目の前の男が、初めて会ったときのような柔和な笑みを浮かべて直樹を見ていた。

「私はこの仕事をつまらないとは思っていない。才能があると言ったのも嘘《うそ》じゃないぞ」

じっと見つめられて、今度は別の意味で下を向いてしまう。

「一週間、おまえはよく頑張っていると思う」

「そう、かな」

「だからもっと頑張れ。死ぬ気でな」

過酷なことを言われているのだが、直樹は気が付かない。

「馬鹿な子ほど可愛いとも言うし」

可愛いの言葉に、えへへ、と笑う。意味が分かっていないのも、馬鹿故だった。

照れてにやける直樹の頭に息が降ってきた。見上げると、東江の体がヒクヒクと痙攣《けいれん》していた。痙攣しながら「失礼」と謝ってくる。なんで失礼なのか分からなかったし、直樹は「失笑」という言葉を知らなかった。

ただ、痙攣しながらも、浮かべる笑顔はいつもより自然で、楽しそうに見えたから、直樹も嬉《うれ》しくなった。

最初にこの笑顔に騙され、甘い言葉に勧誘されて、ここに連れてこられて酷《ひど》い目に遭っていたんだということを直樹が思い出したのは、午後の英語のレッスンが始まってからだった。


二週間振りの外出に、緊張が隠せない。

連れてこられたときとはまた違う高級車の後部座席に、背筋を伸ばしたまま鎮座している。

今日の運転手は東江だった。

左ハンドルの車はどっしりと重厚で、横から軽自動車なんかがぶっ突いてきてもビクともしないだろうと思われる。東江の運転も確かで、信号で止まっても、再び発進されても、いつブレーキを踏んだのかと思うぐらい、静かで落ち着いている。

落ち着かないのはどこに連れていかれるか分からない恐怖と緊張だ。いつものように支度をし、朝食を終えた直樹は、何の説明もないまま、連れ出されたのだった。

車は走り続け、住宅街のような町並みに入っていく。立ち並ぶ家々は、直樹の住む商店街とは明らかに違っていた。どの家も高い塀に囲まれて、重厚な門が構えてある。いわゆる高級住宅街という場所なのだろう。

やがてその中のひとつ、一際立派な門構えの前まできて、緩やかにスピードが落ちた。門の前には誰もおらず、東江が何をしたわけでもないのにそれがゆっくりと開き、車は当然のようにその中へと入っていく。

中に入ってもすぐには建物が見えなかった。ここは日本かと思うような並木道の先に、それこそ外国の城のような建物が見えてきた。写真やテレビで見たことのある、アメリカの大統領が住んでいるという建物に似ていると直樹は思った。

正面玄関と思われるドアの前、数段ある階段の下に、人が立っていた。ゆっくりとカーブしながら車は止まり、立っていた人が恭《うやうや》しい動作で後部座席のドアを開けた。

降りるの？　俺ひとりで？　戸惑いながら、それでも習った通りに静かに足を車の外に滑らせる。手を出され、それも習った通りに軽く摑《つか》まり、車から体を出した。東江も自分で運転席のドアを開け、外へ出てきたからほっとした。どうやら一緒にいてくれるらしい。

でもこんな玄関の真正面に車を置いたままで大丈夫なのかと心配していたら、直樹の降車を手伝ってくれたジェントルマンが、今東江の降りたドアから車に乗ってしまった。

え？　その人が車持ってっちゃうの？　大丈夫なのか？　そのまま盗まれて売り飛ばされたりしねえのか？　という危惧《きぐ》を抱《いだ》いたが、声には出さず、東江を仰ぎ見た。慌てる様子がないから、たぶん大丈夫なんだろう。

合図をするまで口をきくなと、うるさいほどに言われていた。今のところ、それは守れている。それぐらいしか守れる項目もないのだが。

玄関のドアがいつの間にか開いていて、そこにも人が立っていた。階段を上がり、中へ入る。

住宅街に入ったから、ここも誰かの家なのかと思っていたが、どうやらホテルのようだ。天井にぶら下がる巨大なシャンデリアと、ホテルのロビーとか、結婚式場にしかないような階段を見て、単純にそう思った。だって、人んちなら靴脱ぎがあるはずだ。靴のまま上がれる家があることなど想像の外だ。ここは日本なんだから。

「一姫の家だ」

「えっ？　うそっ」

思わず出てしまった声を、手を当てて押さえる。いつもならすぐさま飛んでくる怒号は聞こえず、茫然《ぼうぜん》と立っている直樹を置いて東江が歩き出し、慌てて後ろに付いていく。

二週間履き続けて慣れてはきたものの、八センチヒールでの外出は初めてだ。普段歩き慣れた部屋とは違う、硬質の床を摑み損ね、足をぐねりそうになりながら、チョコチョコと早足で東江の後を追った。東江はそんな直樹の苦労など気に掛けることなく、ずんずん進んでいく。

階段の手摺《てす》りに縋るようにして上り、いかにもここが宝箱のありかだと言わんばかりの、彫刻の施された観音開きの扉の前に来た。ゲームか映画だと、これが開くと中から光が溢《あふ》れ、一瞬にして異次元へ飛ばされてしまいそうな、現実にはあり得ないような豪華なドア。大概の場合、光が去った後、そこにはモンスターがいるものなのだが。

呪文《じゅもん》を唱える暇もなく、内側から扉が開かれた。中の人が開けてくれたらしい。

夢やゲームや映画の世界ではなかった証拠に、開かれたドアから光が溢れることもなく、普通の部屋が現れた。ホテルのスイートルームのような部屋を、普通と呼ぶかどうかは分からなかったが。

何も言わず東江が入っていったから、直樹もそれに続いた。

中には人がいた。女性もいるし、男性もいる。キョロキョロすると、また東江に叱られるから、不自然に映らない範囲で視線を動かす。先に部屋にいたのは五人。直樹たちを含め、七人いることが認められた。

ドアを開けてくれた男性が、一姫でないことは分かる。応接セットらしき椅子《いす》に座ってい
る人物が二人。ひとりは男性だから、これも違うだろう。じゃあ、もうひとりの女性は……
どうもこれも違うらしい。

そう思い、立ったままの女性二人に目を移す。二人ともスーツを着ていた。どちらも直樹より年上のように思えた。確か一姫は直樹よりも二つ上の二十三歳の筈《はず》だが、どうなんだろう。三人いる女性は、三人とも一姫とは違う。直樹と同じく、ここに招かれた客なのだろうか。だとしたら、一姫はこれから来るのだろうか。

そんなことを思っているうちに、ドアを開けてくれた男性が部屋を出て行った。ドアを閉めながら恭しくお辞儀をするのに、釣られるように直樹もお辞儀を返すと、ふふ、と誰かが笑う声が聞こえた。

「失礼」

声のほうに目をやると、ソファに座った男が笑っている。屈託なく笑うその顔は、こちらの緊張を解《ほど》くような、邪気のない、明るいものだった。

「いやいや。無理を言って悪かったね。仕上がりをどうしても確認してみたくなってね」

椅子に座ったまま、朗らかな声で男が言う。

「なかなかいい具合じゃないか。ねえ、一姫」

え？　一姫ここにいるの？　どれ？　どれ？　と、直樹が見渡すが、一姫らしき人物はや

はり見当たらない。

男が「一姫」と呼びかけた先にいるのは、ソファに座っている女性しかいないわけだが、彼女は違う。

だって。

座っている女性は、ハム子なのだ。ハム子よりも少し小振りだが、直樹の知っている一姫ではない。

こちらを見つめているらしい瞳は、ほとんど線になっていて、寝ているのかと思うような表情だ。行儀良く斜めに揃っている足は、どこが足首だが分からない。胸についた双子の林檎《りんご》のアップリケは、よく見ればサクランボの刺繍《ししゅう》だった。生地が伸びてしまったものだと思われる。

つい先月ニュースに映った一姫は、ハム子ではなかった。新しく銀座にオープンしたファッションビルのレセプションに顔を出した一姫は、こんなハム子じゃなかったぞ。一ヶ月足らずでハム子になっちまったのか？　病気だって聞いたけど、そんな病気ってあるんだろうか。

一姫と呼ばれたハム子は、直樹に向けていた視線を隣に立っている東江に移した。頬《ほお》の肉が盛り上がったのは、たぶん笑ったのだろうと思われた。

「あがりん」

「……姫ちゃま。お久しぶりでございます」

会話を交す二人を交互に見る視線が、二往復してしまった。

「あがりんっ」

「姫ちゃま！」

テニスの試合観戦のように視線を往復させる直樹など目に入らない様子で、あがりんと姫ちゃまが二人の世界に浸りきっている。

盛り上がりきったほっぺたの肉で、もはや目がなくなってしまっている顔を、あがりん、もとい、東江がこれまた蕩《とろ》けそうな笑顔で見つめている。

なんなんだ、これは。

「はいはい。感動の再会はここまでにして、始めましょうか」

茫然《ぼうぜん》としている直樹と、陶然と見つめ合う二人の世界を、手を叩いて遮ったのは、初めに口をきいた男だった。

「及川直樹君、だったね」

名前を呼ばれ、はっとして姿勢を正す。立ち上がった男は、やはり満面の笑みを湛《たた》えたまま直樹のほうへ近づいてきた。

東江よりも背が高く、東江よりも柔和な笑みを浮かべ、男が手を差し出した。

「初めまして。僕は一姫の兄の和也《かずや》です。一応、このプロジェクトの最高責任者ってことになっているけど」

直樹の手を握り、和也と名乗った男がまたにっこりと微笑《ほほえ》んだ。

「ようこそ『一姫プロジェクト』へ。さて、それでは始めようか」


聞けば、初めから「豪徳寺一姫」なるアイドルなど、実在しないのだという話だった。

全ては一姫の夢、こうありたいという妄想が具現化したものだという。

子どもの頃から体が弱く、またそのせいであまり学校へも通えなかった本物の一姫は、幼少時代の多くを外国で過ごしていた。成長し、多少丈夫になり、日本に戻ってみたものの、親しい友人もできず、部屋に籠もってばかりだったという。

学校へ行かずとも、家庭教師を雇えば事は足りたし、無駄に裕福な状況で、親も無理に一姫を世間に放り出すこともなく今に至る。

それでも少女の持つ願望だけは満たされない。

友達が欲しい。恋だってしてみたい。綺麗《きれい》になって周りに羨望《せんぼう》の眼で見られたい。憧《あこが》れの存在と呼ばれたい。

願望の全ては金では買えるわけもないが、桁《けた》の外れた財力があれば、大概のことが金で叶う。努力して、それでも叶《かな》わない夢は、普通の人なら諦めるところを、一姫は諦めなかった。

そしてその努力は、自分を磨くこととは別の方向へと向かった。

理想の自分を作り出し、彼女に夢の全てを叶えてもらおう。

それができるだけの環境を、彼女はすでに持っていたのだ。親におねだりして、一姫プロジェクトなる組織を立ち上げた。娘に甘い両親は、喜んで娘の夢を叶えるための環境を用意した。

膨大な資金と手間と時間を掛け、トップアイドル一姫が出来上がった。

全てはゲームだったのだ。庶民の直樹にしてみれば、気が遠くなるような、金持ちの道楽だった。

ただひとつの誤算は、そうして生まれた「一姫」が、豪徳寺グループの貴重な広告塔となってしまったことだ。理想の自分を作り上げるという情熱が、本物の一姫の隠れた才能をも引き出した。彼女の想像力とマーケティング能力で、一姫は日本の流行を先導する立場にまで昇り詰めた。

今や豪徳寺一姫は、豪徳寺グループにとって、なくてはならない存在で、真実を知られることは、社の存続に関わるところにまで来ていた。

プロジェクトによって作り上げられた初代一姫は、体調を崩し、二年で引退した。膨大なギャラに釣られて引き受けてはみたものの、本来の自分であることを一切許されない状況は、かなり過酷だったらしい。そこで芸能界を引退という形を取ったのだが、一人歩きを始めてしまった一姫像は、すでに世間に認知されており、完全消失させるわけにはいかなくなった。そうして二代目へと引き継がれることになったのである。

その二代目は順調だったが、二年目の契約を終了し、三回目の更新をした矢先にやっぱり嫌になったからと、契約の途中で突然遁走《とんそう》したという。

そして今、三代目として急遽《きゅうきょ》白羽の矢が立てられたのが、直樹だということだった。

「君のことはね、学生の頃からリストアップされていたんだよ。素晴らしいのがいるって。でもほら、やはりね、男性だし」

和也と名乗った一姫の兄が、相変わらず明るい声で説明している。

「反対する意見もかなりあったんだよ。ね、東江」

和也の問いかけに、東江が無表情で肯定している。たぶん、その反対意見を述べたのは東江自身だったのだろう。

「だけど、一姫本人が面白そうって言ったのでね。ほら、歌舞伎役者だってさ、本物の女性より女性らしいじゃない。そういう手もあるかもってことで。まあ、他の候補者に比べても、君がダントツで弾けていたからね。なにしろ時間の余裕もなかったし」

指紋認証式のドアは、二代目を逃がしてしまった教訓から作られたものらしい。

急遽男の直樹に声を掛け、半ば強引な手を使ってでも事を進めなければならないという状況に陥ったと、説明をする和也は尚も明るい。まるでこの事態を楽しんでいるといった風情だ。

実際楽しんでいるのかもしれないと、直樹は思った。金持ちの心理など知りようもないが、所詮《しょせん》途方もない金持ちは、本当の窮地に陥った経験がないのだろう。

紹介された二人の女性は、プロジェクトの企画を担当するスタッフだということだったが、彼女たちの直樹に対する眼差しの真剣さとは、まるでかけ離れた和也の雰囲気だった。

本物の一姫に至っては、久しぶりに会った「あがりん」に甘えることだけに集中しているようで、もはや直樹に興味さえもないご様子だ。

東江のほうは、一姫のお相手をしながらも、自分が二週間つきっきりで仕込んだ直樹の仕上がり具合をどう評価されるのかが気になるらしく、少し困惑気味だ。

普段の自信に満ちた態度とはまた違うその様子に、柄にもなく俺が頑張らなくてはという気にさせられる直樹だった。

和也は「無理を言ってすまなかった」と言っていた。「仕上がり具合を確認する」とも。

たぶん、まだ人前に出せる代物ではない直樹を、この人の命令で連れてくることになったのだろう。東江の表情を見ていれば、自分が今、試験を受けているのだということが理解できた。

東江は何も言わず、直樹を見つめている。何の説明もしなかったのは、余計な緊張をさせないためだったのか。何も聞かされないで連れてこられるほうが、余程緊張したわけだが。

だけど、東江の目は明らかに何かを言っている。舞台袖で直樹を見守っている貞夫と同じ眼差しは、確かに自分を案じている。

試験は苦手だが、オーディションは嫌いじゃない。目の前に観衆がいるという状況は、それがどんなときでも血が騒ぐような興奮を呼び覚ます。

貞夫が認め、見いだされた才能。それは目立ちたがり屋だ。人に見られ、褒められるのが好きなのだ。それしかできることがなかったから。そして、それで今まで人気者になってきたのだ。

今日のステージの袖に貞夫はいない。直樹ひとりだ。おまじないの拳もない。だけど、直樹を見つめる東江の眼は、貞夫と同じ、祈るような眼差しだ。

目を閉じて、大きくひとつ、息をする。

上手く、いくか？

——絶対に上手くいく。ちゃんと袖で見ててやるから。

実際には聞こえない声に背中を押され、目を開けた。

——よし、行ってこい。

目の前にいる、たった四人の観客に向き直った。

さあ、私をご覧なさい。

私はどこにも逃げなくってよ。

私は一姫。

本物の豪徳寺一姫よりも、一姫らしく演じてみせる！


帰りの車の中、東江の呟《つぶや》きに、思わずいつもの調子で返事をしてしまい、慌てて口を押さえたが、小言は飛び出さなかった。

「あ？」

「……凄いもんだな」

ステージの後は放心状態で、いつもは貞夫が全て面倒をみてくれたのだが、今はいない。

張り詰めきっていた緊張の糸が、車に乗って走り出した途端に緩んだことを、東江も分かっているらしく、今は大めに見てくれたようだ。

試験は合格だった。

完璧な一姫もどきを演じて見せた直樹の前で、これはいけると踏んだスタッフたちが、熱い議論を交していた。直樹を中心にした一姫プロジェクトが、本格的に発動されたらしい。

次の一姫はどういうファッションでいくか。髪型、メイクはどうするのか。「あがりん」に夢中のハム子、いや一姫も、積極的に参加していた。こうなると、次に投影したい理想の自分像が膨らむらしく、彼女の意見は他を圧倒していた。

スタッフは真剣にその意見に耳を傾け、和也は相変わらず穏やかな様子で少し遠くからそれを眺め、東江は一姫の望みを達成すべく、その意見を吟味していた。

結局直樹に課せられたコンセプトは「少し大人になったエレガントな一姫像」ということだった。

ボーイッシュがよいのではという意見も出たが、男性である直樹がボーイッシュを演ずるという難しさが加わり、却《かえ》ってリスクが高いという結論となった。ボーイッシュが行き過ぎて、男だとばれてしまっては元も子もない。だから対局にある女らしさを前面に出そうということらしかった。

どう転ぼうが、直樹にとってはこれからも試練が続くということには変わりなく、終わってみれば、試験に落ちて、解雇されたほうが余程気が楽だったのではと思わないでもない。

力を抜くということができないのだ。

馬鹿だから。

「あーあ。自由になりそこなっちまった」

いまさら後悔しても遅いのだが、自分の単純さが疎ましい。

「そうだな」

前を向いたまま東江が言う。

「あ、そうか。もしかして、俺頑張り過ぎちゃった？　失敗したほうがよかったのか？」

そうすれば東江だって直樹の世話をしなくても済んだのだ。他にも候補者がいたようだし、東江自身、直樹をスカウトするのに反対したらしいから。

「いや」

「そっか」

東江の返事に安心して、乗り出していた体を後部座席に沈めた。

「決まったからにはそれを遂行するだけだ。一姫が決めたことだ。私はそれに従う。それだけのことだろう」

「そっか。そりゃあ……そうだろうな」

履き慣れたはずのパンプスが、今頃になって痛くなってきた。演じているときには忘れていた痛みが、ジンジンと足先を締め付けてくる。

「おまえも今まで以上に真剣に取り組まないとな」

「分かってるよ」

「これからは今までのようなぬるい態度では済まされない」

今までのどこがぬるかったのかと思うが。

「取りあえずは、来月に向けてだ。帰ったらすぐに始めよう」

本格的に始動した一姫プロジェクトでは、直樹のデビューの舞台が用意されていた。来月から始まる新しい事業のオープンセレモニーで、直樹は公の場で一姫を演ずることに決まった。

明治の頃に建てられたという洋館を買い取り、改装し、「豪徳寺ミュージアム」なる美術館を建て、そのオープンを知らせるパーティに、一姫が登場するというのだ。

広い敷地に立つ洋館は、庭を含め、広大な規模のギャラリーになるという。豪徳寺グループは、人材育成のための奨学金や留学制度も設立している。それで育った芸術家の卵たちの展覧の場としても活用されるらしい。

パーティ当日には、その若い芸術家たちの作品が展示される。お披露目は絵画や造形だけではなく、そこで演奏されるアンサンブルも、そういった若い演奏家によって奏でられるそうだ。

セレブばかりが集まるパーティでは、まだ世に出ていない卵を見いだし、育てたいというスポンサーを得る機会にも恵まれる。彼らにとっても千載一遇のチャンスを摑む、重要なレセプションパーティなのだと教えられた。

「奨学金かあ。よかったよな、豪徳寺がいて。すげえチャンスだよな」

当日歌を披露する歌姫は、豪徳寺の奨学金でヨーロッパに留学し、多くの賞を獲得したのだという。

「チャンスだけではない。本人の努力も必要だろう」

「うん。けどさ、努力しても、金がものをいうことってあるし」

「そういうこともあるだろうな」

「やっぱり、留学ってしてみたいよな。本場で歌の勉強とかしたいよな」

「なんだ、歌手になりたいのか？」

「俺じゃねえよ」

妹のことだった。直樹の妹は来年音楽大学を受験する。

鮮魚店を営む及川家は、何故か全員歌好きだ。親父はのど自慢大会で優勝したこともあり、直樹もその才能は受け継いでいる。

だけどその中で、妹の歌はダントツだった。

テレビで流れる歌なんか一発で覚える。中学のとき、合唱部に所属していた妹は、顧問に連れられ、どこかの有名な先生に紹介された。この子は本物だとその先生が言ったそうだ。世界のプリマドンナになれると。

クラッシックとは無縁の及川家だ。直樹も歌手にプリマドンナなんて言い方があることも知らなかった。

家族会議で妹を応援することになった。本人も歌をやりたいと言った。

だけど、それには金がいる。

声楽の個人レッスンを受け、歌だけではと言われて、ピアノも習っている。専門の予備校にも通っている。いいものを聴かなければとコンサートに通い、発表会があればドレスもいる。大学に受かれば受かったで、そこで終わりではない。むしろそこからが大変だろう。

留学だってさせてやりたい。芸術ってなんて金が掛かるんだろう。

東江の持ってきた話に飛びついた一番の理由が、ここにあった。

「妹さんか」

東江もとっくに知っていることだ。

及川家の台所事情を調べ上げ、直樹を誘った。挙句に罰金一千万円払えと脅してきた。そのときに妹の受験のことも仄《ほの》めかしていた。

無事一年を勤め上げ、約束の金を手に入れれば、思う存分妹の援助ができるだろう。才能があり、本人もそれを望んでいるのに、金がないから諦めるなんて、哀《かな》しい事態に陥らなくて済む。

「じゃあ、頑張らないとな」

「ああ。だな」

「死ぬ気でな」

「……そうですね」

「英語もな」

「……」

だから努力でなんとかなるんなら、とっくにしてるんだよ、の言葉は出さなかった。

「何故挨拶《あいさつ》ひとつ覚えることができないんだろう」

挨拶ぐらいは言える。「ハロー」とか。そのあとに続く言葉が覚えられない。東江に言わせると、「ハロー」は挨拶ではないそうだが。

「発音がな。全部巻き舌にする必要はない。RとLの発音の違いはだな」

発音の違い以前の問題なのだが。

「もっと死ぬ気でやれ」

「わーぁかってるよ。俺だって生まれてからこんだけ頭使ったことねえんだよ」

「もっと使うんだな。死んだ細胞もフル活用させろ」

「死んだのは使えねえんだよ！」

「生き返るぐらいの気概で臨め。一姫として恥ずかしくない振る舞いを叩き込まないとな。覚悟しておけ」

どんな叩き込まれ方をされるのか。考えるのも恐ろしい。

「それにしても、ちょっと驚いたな。今まで俺らが騒いでいた一姫が全部偽物だったなんてさ。どうりで印象が変わるわけだ」

相変わらず安定感のある走りに身を任せ、帰ったら直樹をしごく算段をしている東江に、話題を変えようと試みる。

流れる車窓の景色は、広い道路に変わっていた。スピードは出ているようだが、それも感じさせない。

「他言は無用だぞ。絶対にこのことは漏らすな」

「分かってるよ。なあ、一姫って外国にいたんだろ？　そんときイギリスで会ったりしてた？」

「ああ。向こうで出会った。小さい頃から知っている」

東江が何故今の仕事に就いたのか、分かった気がした。

「凄く懐いてんのな、あんたに」

プロジェクト会議が一段落したあとは、一姫は「あがりん、あがりん」と、転がるように東江に甘えていた。東江もまたそんな一姫の相手を喜々として受け入れていた。直樹はその光景を眺めながら、小熊を我が子のように育てたという、動物研究者のドキュメンタリーを思い出していた。

「昔から友達が少なかったからな。お体も弱かったし」

バックミラーに映る目が、やさしげに細められた。

ああ、そうか。

その表情を見て、気が付く。

小さな一姫に出会い、大切に見守り、今も一姫の望みを叶えるためにここにいるわけか。

「大事なんだな、一姫が」

ハンドルを握ったままの東江は答えない。

「好きなんだな、一姫のことが」

「悪いか」

「悪くねえよ？　あがりんは、姫ちゃまが一番大事なんだもんな」

からかったつもりはない。決してそんなつもりで言ったわけではなかったが、それを聞いた東江が、バックミラー越しに直樹を睨んできた。

「笑いたければ笑え」

「なんで？　笑わねぇよ」

何故そんなことを言うのか分からなかった。

「なんで人が人を好きだってことを笑うんだ？　分からねえぞ？」

バックミラー越しの視線が冷たい。

「分からないか」

「どうせ馬鹿だって言うんだろ。難しいことは分かんねえからな、俺は」

ふて腐れながら、その視線から逃れるように体をずらした。

窓の外は広い道路から街へと移り、何処かの商店街の側を通り過ぎていく。自分の生まれ育った花咲町とは違うが、商店街はどこも雰囲気が似ている。

流れる風景を目で追いながら、両親や妹や貞夫たちは、今頃どうしているかなと考えていた。

「人のことより自分をどうにかしろ。妹さんを留学させられないぞ」

「分かってるって」

「おまえの計画も台なしになる」

「計画って、なんだ？」

このことに関して計画なんかしたことなどない。だいたい何に於いても無計画で、だからこんなところでこんなことになっている直樹だ。

「留学させて、あれだ、仲を引き裂きたいんだろう？」

何のことを言っているのか分からず、運転席の東江を見る。バックミラー越しの目が、今度は笑っていた。

「どういう意味だ？」

「留学すれば、三年や五年は帰ってこられない。向こうに活動の拠点を置けば、なおさらだ」

「貞夫君、といったか。君のマネージャー。妹さんの恋人だ」

「そうだけど。それがどうした？」

「恋敵なんだろう？　妹さんが」

言っている意味がまるで分からない。確かに貞夫は妹の恋人だ。誰が、誰の、恋敵なんだ？

「貞夫君のことが好きなんだろう？」

「……え？」

東江の言葉に、何を言っているのかと、鏡に映る顔を見返した。

「高校のときから目を付けていたと言っただろう。君のことは、こっちは何でも知っているんだよ」

鏡に映る目が笑っている。

「君が彼を好きなことも知っているよ」

「俺が、貞夫を……？」

寝耳に水の言葉に茫然となる。

「なんだ。まさか自分で気が付いていなかったというんじゃないだろうな」

東江の声に考え込む。気が付いていなかった？　何を？　自分が貞夫を好きだってことに？

生まれたときから一緒にいた。貞夫は大切な親友だ。何をするにも一緒だった。あいつといると楽しくて、あいつの言うことなら何でも聞けた。貞夫が大丈夫っていうんなら、大丈夫だった。それを疑ったことはない。

貞夫が妹を好きだってことなんか、それこそ子どもの頃から知っていた。妹も兄貴の自分よりも懐いていた。兄妹二人で貞夫のことが大好きで、頼り切っていた。かけがえのない存在だということは嘘じゃない。

恋人同士になった二人を見るのは嬉しかった。ときどき胸がジクジクと痛む感覚があった

のは、三人でいることの多かった時間が減ったからだと、思っていた。

「あ……」

着ているワンピースを摑む。鳩尾《みぞおち》の辺りをギュッと握った。

二人のことを考えると、ここが痛かった。笑い合って目を合わせる二人を見ていると、ここが、とても痛かった。それは、直樹が貞夫を好きだったからということなのか。

東江に指摘されて気が付いた。本当に知らなかった。貞夫のことが好きだったのか。そして、知らないうちに自分は失恋していたらしい。

「俺は……」

マジで馬鹿だと思った。

「で、妹さんを遠くにやりたいわけだ」

「……え」

自分の恋心と失恋を人から気付かされて茫然としているところに、東江がまた不可解なことを言ってきて、混乱させられる。

「妹が外国に行けば、二人は別れる。それを望んでいるんだろう」

バックミラーに映る東江の目がこちらを見ながら、笑っている。

何を言っているんだろうと、その目を見つめ返した。

何故笑顔でそんなことを言う？　何が可笑《おか》しい？　貞夫が好きなことを、なんでそんなふうに笑って話す?

笑いたければ笑えと言った東江に、直樹は笑わなかった。

笑う意味が分からない。

人が、人を好きだということを、笑う意味が分からなかった。それなのに、東江は直樹を笑っている。

「妹が消えれば、しばらく貞夫君は君だけのものだ。もっとも、彼はストレートみたいだから。そのうち彼女もできるだろう。だけど、妹さんに取られることはなくなる。身内よりはましなんじゃないか?」

「そんなんじゃねえよっ!」

こんな侮辱は初めてだ。怒りで体中の毛穴が開いたようになり、ぶわっと寒気がした。そのあと急激に体が熱くなる。

「そんなことを考えて引き受けたんじゃねえ。そりゃ、金は欲しかったけど。……けど、そんな汚い理由じゃない!」

東江の言う通り、直樹は貞夫が好きだった。たぶんずっと。だけど、それ以上に貞夫は大切な親友で、妹は、直樹の……家族だ。

「妹は、奈々は……本当に歌が上手いんだ」

直樹のやっているのはただの物真似だ。自分がそこまでだということも知っている。

「あいつのは、本物なんだよ。俺はただ奈々に好きなようにさせてやりたくて」

いなくなれなんて思っていない。好きなことを思う存分させてやりたくて、留学したいなら、それを叶えてやりたかった。

「三年や五年、離れたぐらいで別れるような仲じゃねえんだ。みくびるなっ！　俺は、二人が夫婦んなって、貞夫が俺の……家族になるのが楽しみなんだ。俺をそんなキモの小せえ男だと思うなよこのスットコドッコイ！　ふっざけんな馬鹿野郎っ！」

妹と親友と、そして自分を汚されたような気がした。

馬鹿な兄貴だけど、妹のために何かできるということが、嬉しかった。

あの日、東江は直樹に頭を下げた。

直樹の才能で助けてほしいと、大きな体を折り、頭を下げたその姿にほだされたのだ。

確かに単純で考えなしだった。だけどあのとき、本当に嬉しかったのだ。必要とされている自分が、嬉しくて誇らしくて。

それがそんなふうに思われていたなんてと思うと、腹の底が煮えるように熱くなった。

ありったけの暴言を吐いた直樹に、東江は言い返してこない。直樹の剣幕に呆れたのか。それとも勝手に吠《ほ》えていろと思っているのか。言い返されてもどうせ口では敵《かな》わない。

口は悪いが手を出したことはない。そうなる前に、必ず貞夫が宥めてくれた。今ここに貞夫がいたなら、直樹の代わりに怒ってくれただろうか。それとも直樹が自分を好きだと知って、東江のように笑うだろうか。

自分の持つこの感情は、人に笑われるようなものだったのかと思うと、今度は胸の奥が凍《こご》えたように、酷く、痛んだ。


「寝不足ですか？」

直樹の顔を、化粧水を含んだコットンで軽く叩きながら、いつものメイク担当の女性が遠慮がちに尋ねてきた。

「……ああ、うん。ちょっと」

目の周りを軽く拭《ふ》かれ、直樹の顔を覗いたスタッフが眼を細めている。

「顔、変か？」

「少し腫《は》れていますね」

顔を上げたまま、視線だけを下に落とす。

顔を洗うとき、鏡で見た自分の顔は、少し腫れぼったいような気はしたが、時間が経《た》てば治まるだろうと思っていた。だけどプロにはすぐにバレてしまったらしい。もうひとりのスタッフに声を掛け、冷たいタオルで顔を冷やされる。

「それほどでもないですよ。昨日は緊張されましたものね。私も興奮で寝不足です」

タオルを瞼《まぶた》に当ててくれながら、労《いたわ》るような声を出す。直樹が試験に合格し、本格的な活動が始まると聞き、新しい一姫のこれからの衣装やメイクを考えていたのだと言う。

「エレガントな一姫様。楽しみですね。私も一生懸命やりますから。任せてください」

自信に満ちた声は明るい。直樹のためにあれこれと考えを巡らし、さっそく用意した衣装や、これから発注しようというドレスをデザインしたスケッチブックを持ち込んでいた。旅行に行くのかと思うほどの大きな鞄には、メイク道具がぎっしりと詰まっている。

「東江さんも、ホッとされたでしょう?」

「そんなことねえよ。かえって厄介《やっかい》なことになったたって思ってるよ、きっと」

タオルで目を隠されていたから、表情が見えないことに安心して本音を吐く。

あんなに必死になってやるんじゃなかったと、一晩中後悔した。

あんなヤツのために。馬鹿みたいに必死になって。馬鹿だから仕方ないんだけど。

「失敗して、早いとこ四代目に移ったほうがよかったらしい。そのほうがあいつだってよっぽど楽になるってさ」

「そんなことはあり得ませんよ」

タオルを当てたまま、目の周り、こめかみをマッサージしながらメイク担当の声が笑っている。

「だってあなたをここへ連れてきたのは東江さん自身なんですから」

「え？」

「直樹さんならいけるって、これから連れていくから用意して待っていてくれって。いきなり連絡がきて、私たち、急遽呼びよせられたんですから」

昨日聞いたのとは随分違う話に、黙ってマッサージを受けながら、続きを待った。

「候補はすでに別の人にほぼ決まっていて、その方向で話が進んでいたところへ、東江さんが責任持つからって、周りを説得したんですすよ」

「……そうなんだ」

「そうですよ。自分で面倒みるからって、大体、東江さん、普段は一姫様の秘書のような仕事をしているんですよ？　自分が連れてきたからやらせてくれって」

知らなかった。

「昨日のことで一番ホッとしているのは、東江さんでしょう」

「……なんだよ。そうなのかよ」

タオルの下での呟きに、スタッフが「そうですよ」と笑っている。

なんだよ。言ってくれればよかったのに。そうしたら、俺だってもっと真剣に頑張ったのに。グダグダ言わねえで、黙って従ったのに。

いや。言ってくれていたじゃないか。

おまえには才能があると。

自分が万全の態勢で仕立て上げてみせるから、お願いしますと頭を下げていたじゃないか。

「じゃあ、頑張らないとな」

タオルを当てたまま呟く声が、自分で恥ずかしくなるほど明るくなっているのが分かった。


化粧室での支度を終え、リビングに戻ると、東江が朝食の用意をしているところだった。押してきたワゴンからテーブルに食事を移している。ホテルマンのような洗練された所作で、直樹のための朝食の準備をしてくれていた。

「おはようございます」と、慇懃《いんぎん》に挨拶をする東江に、こちらも慇懃に応え、準備の整ったテーブルへと近づく。

用意されていたのは、和食だった。

直樹の家で出されるものと雲泥の差はあるものの、ふっくらとした艶《つや》やかな白米と、上品に並べられた焼き魚や、ちまちまと飾られた小鉢は、直樹の知っている総菜たちで、思わず眼を細めてそれを眺めた。

「たまにはこういうのもよかろうと思って」

促されるまま席に着き、懐かしい食材を眺めている直樹に東江が言った。言い訳めいて聞こえるのが、可笑しかった。

用意された献立の意味を知る。

謝っているのだ、東江は。プライド高く、強情な性格で、それでも精一杯謝っているのだ。

黙って笑顔のまま直樹が見上げると、東江は少し綻《ほころ》んだような表情を作り、それからまた言い訳をするようなことを言った。

「和食形式の会食もないこともないし。まあ、箸《はし》の使い方も覚えたほうがいいだろう」

箸ぐらい使えるよ、日本人なんだからと反発を覚える直樹だったが、その箸を摑む仕草から注意を受けることとなってしまう。

「片手で取るな。まず左手で持ち、右手を添えて持ち替えて。そう。こら、汁椀に突っ込むな。まず箸を置け」

箸を付ける順番から講釈を受け、大人《おとな》しく言う通りにした。そっと啜った吸い物は、直樹の大好きなしじみの赤だしで、思わず笑みが零《こぼ》れた。常々食べたいと切望していただし巻き卵は、今日も作り物のように完璧な形と色をしていたが、嬉しいことに大根おろしが付いていた。

一通りの講釈を終えた東江は「まあ、せっかくの料理だから、冷めないうちに食べなさい」と、また珍しいことを言った。

「こちらをいちいち窺いながら食べるな。今日はそれほど難しい料理でもないだろう。好きに食べなさい。箸の持ち方は綺麗だよ。ちゃんとしている」

褒めてもらい、安心して料理を堪能する。

大口を開けないように、がっつかないようにと注意をしながらも、口に入れる度に零れる笑いが抑えられない。

東江はそんな直樹を今日は叱ってはこなかった。

家庭の味と呼ぶには上品すぎる献立だが、確かに直樹の見知った味だったから、いつものナイフとフォークを使った食事よりも自然に振る舞えた。

「美味しそうに食べるのも礼儀だからな」という言葉に、今までの食事風景を思い出し、作った人に申し訳なかったと反省した。嫌々食べるのはもちろん失礼な話だが、こうして余裕を持って口に運べば、確かに料理人の気持ちが伝わってくる。

「凄く美味しかったと伝えて。あ、もちろん今までのも美味しかったけど」

慌てて言葉を添える直樹に、東江は鷹揚《おうよう》に笑っている。今日はトレードマークの眉間の皺を、まだ一度も見ていないことに気が付いた。


さっきから耳が気になって仕方がない。

ドレスは慣れた。八センチヒールもまあ慣れた。右足の小指にできたマメが歩く度に痛かったが、我慢できないというほどではない。

だけど、この、耳に着けられたピアスというものには、どうにも慣れない。

一姫像の譲れないアイテムとして、八センチヒールがあるのだが、もうひとつ、耳たぶの先っちょに着けられたピアスがあった。

穴はひとつ。パーティなどでは大振りのイヤリングを着けることもあるけれど、基本はちっちゃなピアス、薔薇の形をあしらった小さいそれを、いつも着けているのだという。

薔薇の香りに薔薇のアイテム。可憐でゴージャスな一姫は、薔薇がよく似合うのだそうだ。

本物の一姫は、薔薇というよりも……スイカとか、カボチャの類《たぐい》だと思うのだが、直樹の感想は関係ないらしい。

ピアスだけでも相当うざいのに、先っちょに着いているというのがまたうざい。どうにも気になってつい指がそこに行ってしまい、東江に叱責《しっせき》されることとなった。

「ほらまたいじっているぞ。やめろと言っている」

運転をしている東江に叱られ、膝の上に手を置いて我慢する。今日も運転手は東江自身だ。直樹は後部座席でひとり運ばれていた。

直樹のデビューの日だった。豪徳寺主催の美術館オープンのレセプション会場へと向かっている。付き人である東江は当然一緒に出席予定で、会場では和也がエスコート役として待っているはずだった。

その和也はしょっちゅう訪ねてきては、面白そうに直樹の特訓の様子を見学していた。何に興味をそそられるのか、直樹のことがいたく気に入った様子で、週に三日のダンスレッスンの講師を自ら買って出るほどだった。

兄である和也をどういうふうに呼べばいいのかと尋ねた直樹に、東江はいつもの淡々とした表情で「名字で呼ぶように」と答えた。

和也の名字は豪徳寺ではないという。和也は一姫の兄ではあるが、直系とは少し違う立場にあるのだと説明された。いわゆる「妾腹《しょうふく》」ということらしい。裕福な家庭の複雑な事情があるのだと、東江は静かに言った。

素直にそうかと返事をした直樹だが、あの明るく、見るからにおっとりとした和也にそんな事情があったのかと、少し意外な気がしたものだ。人の内面は、やはり外側から判断するのは難しい。

その複雑な豪徳寺家の事情に巻き込まれ、こんな格好で車に乗せられ、レセプションに参加させられている。おかしなものだ。

夜のパーティだということで、ドレスは濃紺のマキシドレス。シフォンという生地なのだそうだ。首元は大きく開いているが、同生地のスカーフが巻かれ、喉《のど》が隠れるような案配だ。

栗色の髪は少し無造作気味にアップされ、大人らしさの中に、可愛らしさを残したスタイルだと言われたが、直樹にはよく分からなかった。スタイリストが会心の出来だと言っていたからそうなのだろう。

靴はもちろん八センチヒール。そして、首元がふわふわしているからということで、アクセサリーは少なめで、例の薔薇のピアスというわけだ。

一ヶ月、血を吐くような特訓に耐えた。立ち居振る舞い、ウォーキング、挨拶の仕方。各時代の一姫の映像を穴の空くほど見せられて、違和感の残らないように、微塵も地金の出ることのないようにと、東江の付きっきりの教育の成果が今日試されるのだ。

会場に到着すると、和也はすでに会場で待っていた。直樹の姿を認めると、嬉しげに眼を細め、恭しく手を差し伸べた。

「素晴らしいね。綺麗だよ、一姫」

自然な形で手を取られ、会場に連れていかれる。東江はその少し後ろを付いてきた。パーティらしく、光沢のある上品な薄青のスーツを着た和也と、今日も黒のスーツに身を包んだ東江と、磨き上げられた直樹扮する一姫との三人組は、一際目を引いた。

この会場で一姫を知らない者はもちろんいないだろうが、エスコートする二人の男性は、彼ら自身充分に魅力的だった。談笑をしていた女性たちが一瞬息を飲み、二人を率いて歩く一姫に羨望の目を向けてくるのが分かった。

観衆に晒され、いつもの恍惚感が訪れる。

二人の美丈夫にエスコートされ、直樹も負けじと背筋を伸ばす。一姫はどんなときでも、一番輝いていなければならない。

明治の洋館を改造したという建物は、これからギャラリーとして広く開放される。玄関ホールには、若き芸術家たちの作品が展示され、奥の広間では集まった客が談笑を交していた。直樹は和也に連れられ、まず彼らの作品を観てまわった。逆さにしても構わないと思えるような油絵に首を傾げ、果物の描いてある絵には「美味しそうですね」と感想を述べ、魚を象ったオブジェを観て「あいなめですね」と、無難な批評をした。

一通り観てまわったあと、人の集まる広間の壇上でマイクの前に立たされる。豪徳寺主催のパーティだ。当然主催者側の代表としての言葉を述べるべく、ここにいるのだった。マイクの前で息を吸い込み、前方に視線を送る。直樹の言葉を待っている招待客と、若き芸術家たち。そして東江と和也も注目していた。

何度も何度も何度も、それこそ寝言でも口走ってしまうほど、今日のセリフを練習させられた。覚えるのは苦手だが、かといって応用力も備わっていない。適当に一姫らしい言葉なんか、とっさにしゃべることのできない直樹には、反復練習で叩き込むしか方法がなかった。

今、その発表の場に立たされている。

和也が相変わらず笑っている。その隣で対照的な表情を見せてこちらを睨んでいるのは東江だ。眉間にはポケットティッシュぐらいなら軽く挟めそうだ。明らかに心配しているその顔は、学芸会で子どもの出番を見守る父親のようだった。

そんなことを考えたら、緊張していた肩の力がふっと、緩んだ。にこりと笑い、一姫独特の小首を傾げたスタイルで、話し始める。

さあ、聴きなさい、私の声を。

そして注目しなさい、私の姿に。

あなたたちのために、私はここに来た！


スピーチのあと、気が抜けそうな体に鞭打《むち》って、一姫を保ったまま居続ける。

ステージを降りた後も一姫でいなければならない苦痛が、これほどつらいものだと初めて実感していた。だけど気を抜くことができずに、ひたすら笑顔で会場を漂っていた。

幸い、豪徳寺一姫という特異な立場が直樹を守ってくれたので、人に囲まれるという煩わしさはなかった。皆遠巻きに一姫を眺め、話しかけられたときには和也と東江がさりげなくフォローしてくれる。それに今日のゲストは皆日本人だった。もっとも危惧していた事態は回避できたようだ。

やがて演奏家たちの音楽が奏でられ、そこに登場した歌姫が、その声を披露する。

三曲歌ったあと、楽器だけの演奏になり、和也が手を差し伸べてきた。会場の中心に連れていかれ、そこで向かい合う。音楽に合わせ、ここで踊りを披露しろということだった。

「主役がまず踊って見せないとね」

そう言って、軽やかにステップを踏むのに合わせ、直樹も付いていく。二人に誘われるように、何組かのペアが出来上がった。

東江が楽観していたように、ダンス自体はすぐに覚えられた。これだけは褒められる。和也のリードも上手いのだろう。

やがて一曲が終わると、別の男性が手を差し伸べてきた。和也を見上げると、黙って笑っている。ここで一姫なら怖《お》じ気《け》づくこともないのだろうと考え、にこりと笑ってその男性と踊り始める。

ひとつの曲が終わるとまた別の人。その次もと、途切れることなくダンスが続いた。

和也が相当上手かったのだということに、他の人と踊ってみて初めて気が付いた。ぎこちないリードはいらない力を使い、足が疲れた。一度なんか右足のマメの部分を狙《ねら》ったようにして踏まれ、「イッ！」と、声が出そうになるのを必死に堪《こら》えた。

何人と踊っても、東江が手を伸ばしてくることはなかった。会場の隅で、じっと直樹を見守っている。眉間の皺が少し緩んでいるところを見ると、どうやら及第点をもらえたようだった。

あと少し、あと少し、と自分に言い聞かせ、足の痛みを堪えて微笑み続けた。

帰りの車ではもう、声も出せないほどだった。二時間ぶっ続けでステージで跳ね回るよりも消耗した。

「最後まで気を抜くなと言っただろうが」

運転をしながら東江がダメ出しをしている。

「あんな腑抜《ふぬ》けた顔をするやつがあるか」

最後のほうは、もう足がパンパンで、笑うことすらつらかった。東江はそのときの直樹の表情が気に食わなかったらしい。

「みんな勝手にしゃべってたし、大丈夫なんじゃねえ？　誰も見てねえよ」

疲れと不満が、直樹にそんな口をきかせた。

「見ていなくても一姫は一姫だ。本物の一姫は疲れてもあんな幽霊のような顔は絶対にしない」

本物の一姫はハム子じゃねえか。あんな軽いステップなんか踏めねえよ。

流石に言って良いことと、悪いことの区別ぐらいはついたから、心の中で毒づくだけに留《とど》めた。

挨拶のコメントは上手くいったし、ダンスだって初めのうちは調子が良かった。和也のリードの賜《たまもの》だったが。大それたボロは出さなかったはずだ。

会場を去り際、和也はいつもの笑顔で直樹の頑張りを労ってくれた。デビューとしては上出来だったと、自分でも思う。それなのに東江は、些細《ささい》なことを突いて、こうして小言を言ってくる。これぐらいで満足してもらえるほど、敵は甘くはなかったようだ。

窓の外を眺めながら、そっと息を吐く。

――なんで俺はこんなにがっかりしているんだろう。

疑問に思うまでもないことだった。

それはきっと、褒めてもらいたかったからだ。

東江に。

よくやった。上出来だったと、東江に言ってもらいたかったのだ。

マイクの前での挨拶を終えたとき、確かに東江の表情は穏やかだった。話し始める前のあの心配そうな顔が、安堵の色に変わっているのを見て、嬉しく思った。

それが帰る頃には、また眉間にポケットティッシュが二つ挟めるぐらいになっていて、がっかりしたのだ。

「……分かった。この次は頑張る」

「そうしてほしいな」

相変わらず安定した運転は、少しもぶれることがない。流れる景色は光の筋になって通り過ぎていく。

道の途中、遥《はる》か遠くのほうで、空がオレンジ色に染まっているのを見た。球場でもあるのだろうか。そこだけ赤く染まった空の下で、ナイターをやっているのかもしれない。

「……そういえば、ペナントレースももうすぐ終わるか」

小さく呟き、窓に顔を近づけた。

親父ご贔屓《ひいき》の球団は今年、優勝できるだろうか。負けが続くと不機嫌になって大変だった。勝てば勝ったで勝手に値引きして、母ちゃんに叱られていたっけ。今頃、晩酌をしながらスポーツ番組を観ている頃か。あんまり飲むと朝がきついからって言われても、この時期は駄目だったな。

ドームが近い下町の環境で、小さな頃からよく野球観戦に連れていかれた。貞夫や商店街の連中とも出かけ、馬鹿騒ぎをしながら応援をしたものだ。

今年はもう行けそうにないなと、子どものように車の窓に額《ひたい》を近づけ、後ろに遠ざかっていく灯《あか》りを見送った。

駐車場で車から降り、エレベーターに乗っているあいだも、無言のままだった。

がっかりもあったし、虚脱感もあった。いつもは訪れる達成感も今日はない。とにかく疲れていた。

部屋の前まで行き、自分では開けられないドアを開けてもらう。一緒に入ってきた東江は、部屋の入り口で淡々と明日以降のスケジュールを述べている。早く靴を脱ぎたかったが、我慢して東江の話を聞いていた。

「……誰か、寄越そうか？」

ボウッと話を聞いていた直樹に、東江が言った。

「大丈夫。ひとりでできる」

支度は人の手を借りないとできないが、後始末は自分でできる。深夜に近い時間にスタッフを呼ぶのも躊躇《ためら》われた。

とにかく早く靴を脱ぎたい。靴を脱いで、誰も見ていないところで、自分に戻りたかった。

「じゃあ、お疲れ様」

無理に作った笑顔は少し引きつってしまったようだ。直樹のそんな顔を見て、東江の眉間の皺がまた寄った。だけど、今日はこれ以上、一姫に変身できそうになかった。

ドアが閉まったあとで、ああ、おやすみぐらい言えばよかったと思ったが、閉まってしまったドアはもう、自分で開けることはできない。

洗面所へと向かいながら、痛かった靴をようやく脱ぎ、あとでちゃんとすればいいかと、脱ぎ捨てたドレスをソファの背に掛けた。

ストッキングには血が付いていた。

踊っていて足を踏まれたとき、どうやらマメが潰れたらしい。道理で痛かったはずだ。土踏まずも痛かった。右足を庇《かば》って歩いたせいか、左足のアキレス腱《けん》も引っ張られたような痛みを感じた。

ゆっくり湯船に浸《つ》かりたいと思ったが、まずカツラを脱ぎ、化粧を落とさなくてはいけない。被るだけのカツラではないので、あちこちに留めてあるピンをパチパチと外し、苦労して、ようやく脱いだ。

クレンジングクリームの容器を取ろうとして、先にピアスを外してしまおうかと思い直す。耳の後ろの小さな留め具を摘《つま》んで外そうとするのだが、なかなか上手く摑めない。カツラを外すとき、ずっと腕を上げていたから、二の腕がフルフルと震えてつらかった。

片方をようやく外し、もう片方に手をやる。やはりなかなか留め具が摑めずに、だんだんイライラしてきた。指先に引っかかった留め具を持ち損ね、耳たぶを引っ掻《か》いてしまう。チリ、とした僅《わず》かな痛みに顔を顰《しか》め、薔薇の細工の部分を摘み、とうとう思い切り、引っ張った。

ブチ、と耳元で音がして、ピアスが外れた。鏡に映る自分の耳から血が流れていた。

ああ、耳、切れちゃった。

茫然と鏡を見つめたまま、置いてあったタオルで耳を押さえた。

止まったかな、と思ってタオルを離すが、また、じわ、と血が滲《にじ》んできた。タオルにもポツポッと紅い染みが付いている。仕方がないから血が流れるままにして、先にクレンジングクリームを顔に塗った。乱暴に塗りたくって拭き取り、もう一度鏡を確認したが、耳の血は止まることもなく、拭き取ってもすぐに小さな玉が盛り上がり、ポツン、と洗面台の上に落ちた。

意外とこういうのって血が止まらないものなんだなとぼんやりと考え、風呂に入るのを諦めて部屋に戻り、ソファに腰掛けた。タオルで耳を押さえたまま、血が止まるのを待つことにする。

背もたれに体を預け、背中を丸めて膝をたたみ、タオルで耳を押さえたまま蹲《うずくま》る。

顔を洗いたい。クリームが塗られたままの肌は気持ちが悪く、だけど今動くのは億劫《おっくう》だった。ちょっと休んで、そしたら顔を洗ってサッパリしよう。その頃には血も止まっているだろう。

風呂に入って、疲れをとって、充分な睡眠をとらないといけない。

薔薇の体臭のタブレットも呑まなきゃ。サボるとまた東江に叱られる。

ちゃんとしないと、明日の朝、またスタッフに心配をかけてしまう。体調を整えるのも仕事のうちだ。直樹が倒れれば、沢山《たくさん》の人に迷惑が掛かる。自分のために、大勢の人間が動いている。

頑張らないと。

明日からまたレッスンだ。英語はなかなか覚えられない。一姫の歌も、英語のやつは覚えるのが大変だった。貞夫が嘆いていたっけ。それでも歌なら雰囲気でなんとか覚えられるんだけどな。

あれもやらなきゃ、これもやらなきゃと考えながら、ソファに蹲ったまま、いつの間にか、眠りに落ちていた。

温かいものに頬を撫《な》でられて、眼を開けた。寝ていたことに気が付き、慌てて体を起こす。クリームで化粧を落としただけの顔を、いつの間に戻ってきたのか、東江が蒸しタオルで拭いてくれていた。

「……あ、ごめん。ちょっと休んでからと思って」

寝ぼけた頭で言い訳をする。タオルを受け取ろうとする直樹を「いいから」と言って、東江はそのまま顔を拭き続ける。

「湯が張ってあるから」

丁寧にクリームを拭き取り、東江が言った。

部屋を見回すと、脱ぎ捨てた靴も、服も、綺麗になっていた。自分でやると言いながら、結局東江に後始末をさせてしまったことに、気持ちが沈む。

「ごめん。あとでちゃんとしようと思ったんだ」

「そんなことはおまえの気にすることではない」

東江だって疲れているのに。こんなことになるなら、スタッフを呼んでもらえばよかったと後悔した。

「でも、今何時？　遅くなっちゃったな」

時間を気にする直樹に、東江は「いいから、ゆっくり浸かってきなさい」と静かに言った。

「うん。ありがとう」

折角用意してくれたのだからと思い、素直にバスルームへ行った。

お湯の張られたバスタブに足を入れたら、潰れたマメに湯が浸《し》みて、酷く痛んだ。我慢して両足を入れ、痛さに馴染《なじ》んでくるのを待ち、体の全てをお湯に浸けると、ほう、と溜息が漏れた。

お湯で顔を撫でて、何気なく耳たぶに触れる。絆創膏《ばんそうこう》なのか、テープが貼られた感触があった。寝ているうちに、これも処置をしてくれたらしい。

ゆっくりと体を温め、解《ほぐ》し、バスタブから上がった。バスローブを羽織り、部屋に戻ると、そこには東江がまだ待っていた。

全部をやらせてしまって申し訳なかったと謝るべきなのか。その挨拶を待っていたのかと思ったから、前に教えられた通り「お世話いただき、ありがとうございました」と言った。

それを聞いた東江は、何故か顔を顰め、「こちらに来なさい」と、直樹をまたソファに座らせた。

ソファの前に跪《ひざまず》き、右足を持たれる。

オットマンに直樹の足を置き、用意していたらしい、箱を開けている。薬箱だった。どうやら手当をしてくれるつもりらしかった。

「気が付かなかったな」

直樹の潰れたマメを眺め、東江が呟いた。

「自分でやるから。こんなん、大したことねえし」

直樹の声を無視したまま、東江が手当をしている。

「痛かっただろう」

「そんなでもねえよ。ほら、三番目かな、小太りの紳士。あれに足踏まれちゃってさ。和也さんとばっかり踊ってたから、みんなあんなふうに上手く踊れんのかってちょっと油断してた。あの人が別格に上手かったんだな」

「すまなかった」

不意に謝られて、思わず「え」と聞き返してしまった。この男に言葉で謝られることなんか、ないと思っていたから。

「いや、別に踏んだのは東江じゃねえし」

「怪我《けが》をしていたのに気が付かなかった。顔色が悪かったのは、このせいだったんだな」

「あ、いや、単に疲れたっつうか」

丁寧に処置をされ、オットマンに置かれたままの直樹の足を、今度はマッサージし始める。

「何すんだよ」

「筋肉が張っている。解してやる」

「いいよ。そんなん」

「駄目だ」

遠慮しても嫌がっても、東江は「黙っていろ」と脅すような声を出して、直樹の足を揉《も》む手を止めない。

右足が終わると今度は左足を持ち上げて、同じように丁寧に揉んでいく。確かに疲れた足をマッサージしてもらうのは、気持ちがよかった。

「ありがとう」

礼を言ったら東江が直樹を見上げ、笑った。今日は無事デビューも終えたことだし、お褒めの言葉はもらえなかったけど、これが褒美だと考え、直樹もそれを受け取ることにした。

「気持ちいいよ。やっぱりちょっと疲れてたみたいだ。ヒール、大分慣れたんだけどな」

「部屋とは違うからな。配慮が足りなかった。申し訳ない」

また謝られ、そんなことはないと首を横に振る。

「おまえは頑張っているよ」

東江が唐突に言う。

たった今、もらえないだろうと諦めた言葉が聞こえ、思わず声の主を見返した。

「そう？」

「ああ。凄く頑張っている。今日もよくやったと思っている。私がちゃんと庇ってやれていれば、こんな痛い思いをしないで済んだのに。本当に悪かった」

足を揉む掌《てのひら》は大きく、温かい。

「考えてみれば、おまえが手を抜くなんてことはあり得ないのにな」

要領が悪くても、時間が掛かっても、ズルをしてサボるなんてことを絶対にしない直樹だ。

東江はそんな直樹をちゃんと見ていてくれたのだ。

「何かトラブルがあったときは、すぐに合図を送れ。私はおまえから目を離さないんだから」

「ああ。分かった」

今までにないやさしい声音に、足だけでなく、体の強張《こわば》りも解れていくようだった。

「あの、さ」

「なんだ？」

「英語。さっき考えたんだけど。歴代の一姫がしゃべったやつとか、ビデオないか？　トーク番組とか、パーティでの」

「それは、あると思うが」

「そういうの、持ってきて」

「どうするんだ?」

「俺、頭悪いからさ。文法とか、発音とか言われても、全然駄目だし。それならいっそ丸覚えしたほうが早いかなって」

文化祭でやらされたことを思い出していた。貞夫に誘われライブに出ることになったとき、直樹は持ち前の覚えの悪さでなかなか上手くいかなかった。

海外生活の長かった一姫の歌は、英語のものも多い。日本語の歌はすぐに覚えた直樹だが、その他はお手上げで、困ったことにその頃ヒットしていた曲は英語のバラードだった。その歌抜きでのライブの構成はあり得なかったのだ。

そこで貞夫が考案した作戦は、一姫のライブを丸ごとコピーするというものだった。ライブビデオを何度も見せられ、試験のヤマを丸覚えする要領で、意味わかんなくても丸呑みしろと命じられた。

——理解はできなくてもただ覚えることならできるだろ? 頭は悪くてもよ、おまえ耳だけはいいんだから。

目と耳で覚えた情報を、頭を使わずにそのまま丸呑みする。「貞夫方式」と呼ばれたその作戦は功を奏した。

「できれば、本物の一姫に頼んでさ、なんか英語でしゃべってもらって、それ覚えたほうが早いんじゃないかって、思って。つか、それぐらいしか、できないし」

歌と違って会話は様々なバージョンがある。臨機応変はもちろんできないが、パターンとしていくつかバリエーションを覚えたほうがよほどいいのではないかと思った。あとは他人頼みだが、側に東江や和也がぴったりとくっつきフォローしてもらう。

「そういうの、駄目、かな」

直樹の提案に、東江はしばらく考えているようだった。やがて、「そうだな。このままでいるより、やってみる価値はあるかもな」と言った。

「早速用意する」

「うん」

「案外上手くいくかもしれない。よく考えたな」

褒められるとすぐに有頂天になってしまうのが、直樹のいいところだった。

「『貞夫方式』っていうんだ」

直樹の特性を知り尽くしている親友は、この特性を活《い》かし、見事ライブを成功させた。

「一姫のライブをさ、何回も何回も見せられて。あいつ、全部のビデオ持ってんだぜ。そんで踊りはこっちのバージョンがいいとか、ここでこんなふうにしろとか。すげえ凝っててさ」

乗りやすい性格の直樹を褒め称《たた》え、ときには厳しく指導し、そうしてお祭り騒ぎを楽しんできた。

「あいつがいなかったら、俺、もっとつまんねえ学校生活だったと思う。だから、すげえ感謝してんの」

東江は黙って直樹の足を揉み続けている。

「あいつのことは大好きだし、でもそれ以上に、あいつには幸せになってほしい。妹にも」

不意に東江の手が止まった。跪いたまま、直樹を見上げている。

「すまなかった」

もう一度東江が謝る。何に対して謝っているのかは理解できた。

「本当に、人の気持ちも考えず、実に不遜《ふそん》で失礼な口をきいた。悪かったと思っている」

盆踊りの夜、直樹の家で、直樹に頭を下げたときと同じ、真剣な眼をした東江は、あのときと同じように、静かに、真摯《しんし》に謝ってきた。

「ああ、腹立った」

「すまない」

「まあいいよ。謝ってくれてんだから」

根が単純だから、いつまでも怒りを持ち続ける直樹ではない。それに、謝罪は次の日の朝、ちゃんとしてもらっている。有能な男の不器用な謝罪を、ちゃんと受け取っている。

「おまえは笑わなかったのにな」

「何を？」

オットマンに投げ出された直樹の足を、もう一度大きな手に包んでゆっくりと揉み始める。

「私が、一姫を好きだと言ったとき、何を分不相応なことをと、笑わなかった」

「ブンフソーオ？」

また難しいことを言ってきた。

東江は、ふ、と笑い「身分違いも甚《はなは》だしいということだ」と言った。

「つまりはだな。そう、魚は水の中でしか生きられない、ということだ」

今度は随分と易《やさ》しい表現を使ってくれる。

直樹にだってそれぐらいは分かる。つまり、住む世界が違うと言いたいのだろう。

「でもさ、あっちも相当あんたに参ってる感じだぜ？」

「あれは単に、生まれたての雛《ひな》が、初めて目にしたものを親だと思って付いてきているようなものだ」

「そうかなあ。なんか、二人だけの世界作ってたじゃん。俺ら完全にお邪魔な感じ」

直樹の言葉に、今日の東江は前のような冷たい視線を送ってはこなかった。直樹の足を揉みながら、静かに笑っている。

「お似合いだと思うよ？　そりゃ、ちょっとハードルは高いと思うけどさ。なんとかなるんじゃねえの？」

「なんともなるわけがないじゃないか。相手は豪徳寺の一姫様なんだぞ」

「でも、さ。それだけじゃん。障害は」

少なくとも、直樹の抱える恋よりは余程障害が少ないのだ。淡水と海水の違いはあれど、水で生きる者同士だ。自分とは違う。

「イギリスで出会ったとき、彼女はまだ八歳だった。私は父親に連れられて、お姫様のお守りをするようにと命じられた」

東江の父は、イギリスで豪徳寺の経営するホテルを任されていた。

「あの頃は今よりももっと、か細くて。気弱な女の子だったな」

懐かしむように東江が一姫との思い出を語る。

側に仕え、世話を焼き、一姫も誰よりも東江に懐いてくれた。可愛かった。守ってあげたいと思ったと。

小さくて弱い一姫。

望めば大概のものが摑めるその手で、一姫は東江の手をとった。東江もきっとその手を摑み返したいのだろう。

今その大きな掌は、一姫の偽物の足を包んでいる。

「もういいよ。大分楽になった」

丁寧に揉みほぐされて、足の疲れはなくなったと思うのに、今度は足の裏を摑み、親指で土踏まずを指圧している。

「もう、いいって」

「明日連絡をして、もっとおまえの足に合った靴を用意させよう」

「平気だよ。今日のはたまたま足踏まれただけだから」

「駄目だ。痛い思いをさせられない」

ゆっくりと足裏を揉みしだかれて、だんだん熱くなってくる。なんだか耳まで熱くなってきた。

「黙って我慢をするな。そのために私はいるんだからな。ピアスも私が外してやるから」

顔を上げた東江が直樹の耳元を見て、眼を細めた。

「まったく、意地を張る。耳も痛かったろう」

「血が止まんなくて、ちょっと焦った。今度からちゃんと人に外してもらう」

素直な直樹の返事に東江がまた笑った。

一生懸命にやったことを、認めてもらえた。今日のデビューを褒めてもらえた。よくやったと、おまえは頑張っているよと言ってもらえた。

欲しかった言葉を、とても欲しかった言葉を、言ってもらえた。

「一姫は足にマメなんか作らないぞ。足にマメをこしらえた一姫など、一姫ではない」

ぎゅ、とバスローブを握る。

「どうした？　痛かったか？」

強く握られた拳を認めた東江が聞いてきた。

「大丈夫。気持ちがいい」

「些細な事でも、全て言いなさい」

心配してもらえて嬉しかった。だけど、なんでだろう。

「分かった」

そのすべてが一姫のためだという東江。

「さっき言っていた、英語のビデオ、さっそく一姫に頼むとしよう」

一姫でいることでのみ、直樹に関心をしめす東江。

「一姫も喜ぶ」

「あがりんの頼みだもんな」

ふ、と東江が笑った。

とてもやさしい顔をして、笑った。

摑んだバスローブをもう一度握る。今度は東江に気付かれないように。お腹《なか》の上、みぞおちのあたりを、そっと握る。

認めてもらえて嬉しいはずなのに。初めて打ち解けて話せているのに。

どうしてなんだろう。ここんところが、なんでこんなに、痛いんだろう。

朝、いつもの時間に目を覚まし、スタッフの訪れを待っていた。

顔だけを洗い、あとはいつもの二人に化粧をしてもらい、身支度を整え、入れ替わりに朝食を運んでくる東江に監視されながら食べる。

はずだったのだが。

誰も来ない。

取りあえずパジャマのまま部屋で待機している。これだけは勘弁してくれと東江に頼み込んで用意してもらったパジャマを着たまま、さっきから待っているのに誰も来ないのだ。

もしかして、昨日のパーティで何か失敗があったのか。それで直樹はお払い箱になったのかと青くなったところで、ドアがノックされて東江がやってきた。

朝食の載ったワゴンを押してきているのを見てホッとする。

すぐさま駆け寄って事情を聞きたい衝動に駆られたが、たぶん東江は直樹の問いには答えてくれないだろうと思い直した。直樹の質問に親切に答えてくれる東江は、もはや東江ではないと思うぐらいには、直樹も東江を理解していた。

パジャマのままソファに腰掛け、東江の行動をじっと見つめながら待つ。

一姫はどんなときでも慌てず騒がず、鷹揚に構えていなければならない。もしかしたら、そういう緊急事態に備えての不意打ち訓練なのかと思い始めたところで、東江が直樹のほうを向いた。

昨日直樹が提案した英語のビデオはもう用意したのだろうか。仕事のできる東江のことだ。すでに手は打ってあるだろう。自分はそれに従うだけだ。

それにしても、直樹はまだパジャマのままだった。一日このままというわけにはいかないだろうと思った。一姫は普段着もゴージャスかつ、可憐なのだからとずっと言い聞かされていた。着替えはひとりでできても、化粧とカツラは自分で装着できない。東江もきっとそこまではできないだろう。

「化粧とかどうすんの？　俺、ひとりじゃできないけど」

「ああ、今日は彼女たちは休みだ」

「そうなの？」

「休暇を取らせた。この一ヶ月、ずっと働いていたからな」

考えてみればそうだった。だけどそれは東江も同じだ。

「そうなのか。じゃあ今日は一姫の格好はなし？　一日このままでいいのか？　それで、どうすんの？　東江も休みなのか？」

「ああ。それなんだが。今日は……」

東江がそこまで言ったところで、電話が鳴った。話を途中で止め、窓際のデスクに置かれた受話器を東江が取った。

軽い受け答えのあと、直樹を振り返る。

「和也さんが来ているそうだ」


身支度を整える暇もなく、和也《かずや》が部屋を訪れた。一姫《いちひめ》に扮していない直樹《なおき》を眺め、穏やかに笑っている。

「なんだ。素のほうがよほど可愛《かわい》いじゃないか」

冗談なのか、なんなのか。パジャマのままの直樹にそんなことを言って、しきりに頷《うなず》いている。

「今日はダンスのレッスン日じゃないですけど」

一姫の兄である和也に遠慮してか、東江《あがりえ》は一切口を挟んでこないから、仕方なく直樹が口を開いた。

「そうなんだけどね。でもほら、僕は一応このプロジェクトの責任者なわけだからさ。いつでも訪ねてきていいと思わないか?」

言葉の最後のほうは、東江に向けて言っているようだった。

「もちろん構いませんが」

東江はいつもの淡々とした無表情で応《こた》え、和也も相変わらずにこやかに笑っている。

「それに昨日の直樹君の頑張りを見てね、労《ねぎら》いに来たわけだよ」

「はあ」

摑《つか》み所のない和也の態度に、直樹も曖昧《あいまい》な返事をする。

「本当に、凄《すご》く頑張っていたからね。足は、大丈夫だったかい？」

やさしく聞かれ、思わず和也を見返す。

「捻《ひね》ったのかな。随分つらそうだったから」

「そんな怪我《けが》じゃないです。靴擦れおこして。足、踏まれて、マメがちょっと、潰《つぶ》れただけで」

和也がルームシューズを履いた直樹の足下に眼を落とした。手当を受け、ガーゼが貼ってある右足はシューズに覆われているから見えてはいない
「そうか。捻挫《ねんざ》とかじゃなくてよかった」

直樹の具合を詳細に見て取った和也は心配をしてくれたらしかった。それで朝からやってきたのかと納得する。意外といい奴だと和也を見直す直樹だった。

「東江」

直樹に向けられた顔は相変わらず柔らかいままだ。が、発せられた声はきついものだった。

「君は気が付かなかったのか。ダンスのあと、明らかに様子がおかしかったじゃないか」

「すみません」

腰を折って謝る姿を見て、直樹のほうが慌ててしまった。

「いや、帰ってからちゃんと手当してもらったから。マッサージもしてもらったし」

庇《かば》うように、昨日してもらったことを和也に訴える。

「俺が、ちょっと気を抜いて。変な顔になっちゃって」

直樹の弁明に和也がまたやさしげに微笑《ほほえ》む。

「君は何も悪くないよ。完璧《かんぺき》な一姫だった。ちょっと驚いたぐらいにね。落ち度はこちら側にある」

手を取られ、ソファに座らされた。そういう仕草が実に自然な男だ。

「しばらくはヒールを履かないほうがいいだろう。可哀相《かわいそう》だったね。靴が合わないのはつらいものだ。ちゃんとサイズを測ってもらっていなかったのか?」

言葉の端々に東江に対する非難が覗《のぞ》けた。

「そんなことない。本当。ちゃんとサイズも測って作ってもらった。それに別のも用意してくれるって、な、東江」

東江は何の弁明もしない。和也も直樹の訴えを笑って聞くだけだ。

不意に手を伸ばしてきた和也に耳を触られた。耳たぶの絆創膏に気が付き、眼を眇《すが》めている。

「これは？」

「これ、自分でやった。上手く取れなくて、引っ張ったんだ。これも手当してもらった。取ってやるっていうのを俺が断って、だから」

直樹の言葉を黙って聞いていた和也が、急に破顔した。

「分かった、分かった。もう東江を叱らないよ。そんなに必死に庇わなくていいから」

「そんなんじゃない」

可笑《おか》しくて堪《たま》らないというように、和也は体を揺らして笑っている。

「君は可愛いね。本当に可愛い」

そんなことを言って、和也が直樹の手を取った。

「そんな可愛い直樹君に、頑張ったご褒美をあげようと思ってね」

悪戯《いたずら》っぽく笑いながら、和也が言う。

「褒美？」

何をくれる気なんだろう。手ぶらの和也を見て首を傾《かし》げると、和也がまた笑った。

「捻挫じゃないなら歩けるね？」

「ああ、はい」

外に用意してあるんだろうか。外まで取りにこいと？

「僕とデートをしよう」

「はい？」

「今日は一日オフ。君に休暇を与える」

「……はあ」

「東江、今日一日彼を借りる。いいね？」

東江は黙って頭を下げている。

休暇は嬉《うれ》しいが、でも和也はデートすると言っている。じゃあ休暇にならないじゃないか。

それで、褒美の話はどうしたんだろう。まだ何ももらってねえぞ？

東江のさっきの続きも聞いていない。東江も、直樹に休暇をくれようとしたのではないか。

和也が訪ねて来る前に、東江は何を提案しようとしたのだろう。

首を傾げる直樹を相変わらず楽しそうに和也は見つめ、デスクの受話器を取った。


わけも分からず助手席に乗せられている。隣では上機嫌な様子の和也が運転中だ。

「普段の通りでいいよ。今は一姫じゃないんだから」

シートベルトを締めたまま、畏《かしこ》まって座っている直樹に和也が言った。着ている服も今日は男物だった。和也が用意をしてくれたのだ。

「あの、どこ行くんですか？」

「どこに行きたい？」

質問に質問で返されて、首を傾げた。

「君の行きたいところ。デートなんだから」

本気で言っているようにはとても思えない。和也はいつもの明るい調子でハンドルを握っている。

行きたいところを聞かれても、特にはなかった。まあ、ひとつだけあげるとすれば、実家と言いたかったが、それは無理だろう。

家族には厳しい箝口令《かんこうれい》が敷かれている。破ればやはり違約金が発生するのだ。

盆踊りの夜、突然消えた直樹の消息については、旅に出たことになっているらしい。鮮魚店「魚タツ」の跡取りとして、修業をするべく、遠洋漁業船に乗り、今頃海の上でトロールを引いているのだ。そんな直樹が突然花咲商店街に現れるわけにはいかなかった。

「家に帰りたくない？」

直樹の心を見透かしたように、和也が聞いてきた。

「そりゃ……でも無理だって」

「無理じゃないよ。君が家族に会いたいっていうなら、連れていくよ」

意外な提案に、隣で相変わらず穏やかな顔で運転する人を見やった。

「あんまりね、無理をすることはないと思うんだよ、僕はね。つらいなら辞めたっていい。

違約金は、そうね、僕が支払ってあげよう」

「なんで、そんな」

和也の真意を測りかねて、言葉を選ぼうと考える。直樹が家に帰り、このプロジェクトが中止になれば、一番困るのは和也ではないのだろうか。

「褒美をあげると言っただろう？　君は頑張った。凄くね。僕はちょっと驚いたんだよ」

頑張った褒美に直樹を解放してあげようと、和也はまた直樹の困惑を誘う。

「だってつらそうでさ。君」

「あ、ごめんなさい」

昨日、やはり失敗したのだ。一姫として上手《うま》くできなかった。だからおまえは首だと言われたのだと思った。

「はは、違う違う。解雇だって言っているわけじゃないよ。君はよくやった。本当にね。上手くいき過ぎるぐらいに、よくやった」

それならなんでそんなことを言うのか。わけの分からない直樹を、ちらりと横目で見て、和也は話し続ける。

「正直ね、失敗すると思っていた。僕はそうなってもいいと思っていたんだよ。いや、むしろ失敗してほしいと思っていた」

今度こそ本当に驚いて、和也の横顔を見つめた。和也は尚も笑っている。

「だって無謀だろう。だいたい最初から間違っているんだよ。人を使って自分を作るなんてさ。君もそう思わない？」

「それは……でも、今までそれで来ちゃったんだから」

「それが間違っている。一姫はちゃんと一姫のまま、生きるべきだ。人を騙《だま》したまま繁栄するべきじゃないと、僕は思うんだけどね」

和也の言っていることは納得できた。人を騙すのが悪いことは分かる。だけど、今さら急に、すべてをぶちまけるのは、あまりにも酷なことではないだろうか。豪徳寺にとっても、一姫自身にとっても。

「二代目が逃げたとき、ああ、これでこのお遊びもお終《しま》いだって、ホッとしたんだよ、実は。でも東江が君を連れてきてしまった」

その話は知っている。

だから頑張ってきた。みんなの、東江の期待を裏切らないようにと頑張ってきた。

「まあ、昨日の君を見たら、東江の判断もあながち間違ってはいなかったわけだ。正直驚いたよ。君もよく頑張った。あの短期間で。よほど東江の教え方がよかったのか。ま、成功したならそれはそれで楽しかったし」

相変わらず楽しそうな口調で和也が話している。

成功しても、失敗しても、どちらでもいい。

どっちに転んでも面白い。この人にとっては全てがゲームなのだ。

走っているうちに、見慣れた町並みに入っていることに気が付いた。直樹の住む花咲商店街のすぐそこまで車はやってきている。

あと少し進めば直樹の住む界隈《かいわい》に到着する辺りで、車が静かに路肩に寄った。エンジンを切り、和也がこちらを覗き込んでくる。表情は変わらず柔和なままだ。

「さて、どうする?」

「どうするって……?」

「ここで降りるか。それともゲームを続行するか」

和也の考えていることがまるで分からない。辞めるのも続けるのも直樹の自由だと言っている。ここで直樹が辞めれば事態は窮地に陥るということを知っていて、それでも構わないのだと。

「……東江は知ってるのか?」

直樹が今ここで降りてしまえば、一姫が困るだろう。次の候補者の準備はどこまで進んでいるのか。

それに、東江は? 周囲の反対を押し切ってまで直樹を連れてきた、東江の立場はどうなる?

直樹の動揺を見て取ったのか、和也が笑った。

「……君は、本当に可愛いね」

返事のできないでいる直樹に、和也が言う。

「どんなに頑張っても、結局は偽物なのに。誰も本来の君を認めてくれていないのに。彼は一姫の化粧を落とした君を認めないよ？　彼の興味は一姫を演じている君なんだから」

やさしい声で、和也が尚《なお》も言う。目の色には何故《なぜ》か同情が浮かんでいた。

「君はそれでも頑張るの？」

シャツの裾《すそ》をぎゅ、と握る。

和也の用意してくれた、着心地の好《い》い男物のシャツ。ボタンの付いているその部分は、昨夜痛かった場所だ。

伸びてきた腕で顎《あご》を摑まれた。シートベルトで固定され、逃げられない直樹の上に、和也が被《かぶ》さってくる。軽く触れた唇が、す、と離れた。一瞬閉じた瞼《まぶた》を開くと、目の前に笑った和也の顔があった。

「……なんで？」

さっきから和也の言動すべての意味が分からない。直樹の質問に和也は相変わらず笑顔のまま、肩を竦《すく》めた。

「君が可愛いから」

「なんだそれ」

「男は東江だけじゃないってこと。僕は一姫じゃない直樹君が可愛いと思うよ？」

軽々しい口調は全然直樹に届かない。

「気に入ったっていうのは嘘《うそ》じゃないよ。だから可哀相だと思ったんだよ。僕なら君を解放してあげられる。答えを聞こうか。直樹君、君はどうしたい？」

和也の問いに、シャツを握ったまま考える。ない頭を振り絞っても、答えなんか出てこなかった。

家に帰りたいかと聞かれれば、帰りたいと思う。だけど今すぐこの仕事を辞めてまでかと聞かれたら、分からない。どうしたいかと聞かれても、答えは見つからない。

騙されて連れてこられた。あの日同じことを聞かれたら、迷わず頷いたことだろう。だけど、今は簡単に頷けない自分がいる。

なんでだろう。

お気楽な生活。仲間との馬鹿騒《ばか》ぎ。窮屈な思いもなく、行儀が悪いと叱られることもなく、自分の馬鹿さ加減をからかわれても、そう落ち込むこともない生活に戻れるというのに。

帰ってしまおうか。自分は充分頑張った。和也だって言ってくれているじゃないか。東江だって昨夜……。

そこまで考えたら、昨夜の東江の顔を思い出した。

ああ、そうか。

「……帰ります」

直樹の声を聞いた和也が微笑して、再びエンジンを掛けた。

「家じゃなくて、あっちの。一姫の部屋のほう」

発進しようとした車が止まり、和也が直樹を見返した。

「戻るの？　このプロジェクトを続けるって？」

驚いたような和也に、前を向いたまま頷く。だって戻らないと、東江が落胆する。

頑張っていると、よくやったと言ってくれた、東江の期待を裏切ることになる。急に直樹が降りたら困るだろう。周りの反対を押し切ってまで連れてきて、教育係を買って出た東江が責任を問われる。

どんなに頭を捻っても、他に理由は見つからない。だけどその理由ひとつがあるだけで、直樹は家に帰るのを躊躇《ちゅうちょ》したのだ。

「いいの？　それで」

信じられないという顔をして、和也が直樹に尚も問う。

「君が怪我をしたことにも気が付かなかったんだよ、東江は。それなのに、直樹君はそんな彼のために戻るって言うの？」

「あれは俺が無理したから。それに、東江はなんかあったらすぐに言えって言った。今度からそうする」

絶対に痛い思いはさせないと、昨夜東江は言った。いつだって目を離さないのだと。マメが潰れるまで我慢をしたのは自分の意地のせいだ。あんなになる前にちゃんと痛いと訴え、処置をしていたらよかったのだ。東江はそうしろと言った。だから今度からそうすればいい。信じて付いていけば、東江は直樹を絶対に見捨てない。他の誰が無理だと言っても、直樹すらそう思ったものを、東江だけはさじを投げなかったのだ。

「もうちょっと頑張ってみる。和也さん、戻して」

直樹の声に和也は溜息《ためいき》を吐《つ》き、車を発進させた。せっかく自由になれるのにと呆《あき》れ顔だ。

「……馬鹿だなあ」

知っている。よく言われたし、今も毎日言われているし、その通りだから今更腹も立たない。

それから和也に言われて気が付いた。何のためにと聞かれれば、今和也が言ったように、東江のためだけに頑張っている。言われるまで気が付かないんだから本当に馬鹿だと思う。どうしたいかの答えが今、見つかった。自分はただ、東江の側にいたいのだ。それも和也に聞かれて考えて、初めて気が付いた。

貞夫への恋心を東江に指摘されて気が付いた直樹は、今度は東江への気持ちを和也に指摘されて、気が付いている。

本当に……自分で自分を何度も馬鹿だと言うのは流石に情けないので、以下略とすることにした。

すぐに帰りたいと言う直樹に、和也はまあまあと、今度は車を都心に走らせた。

「せっかくのデートだしね。じゃあちょっと遊んで帰ろうよ」

ゲームを降りないと言った直樹の答えに、和也は納得し、すぐさま思考を切り替えたようだった。それもまた面白いと思ったのだろう。直樹がここで一姫役を降りて、周りが騒げば愉《たの》しいし、和也がいうところの涙ぐましい努力を続けるのもまた一興。そんな直樹にちょっかいをかけ、翻弄《ほんろう》するのも遊びのひとつのようだった。

「それに、東江だって今日一日ぐらいのんびりしたいだろう。君が戻ったら彼の休暇も終わりだ」

そう言われ、直樹は和也のデートに付き合わねばならなくなった。

「今頃一姫のところに飛んでいっているんじゃないかなあ」

楽しそうな声を出し、直樹の反応を窺《うかが》っている。途方もない金持ちで、だけどその家庭の中にも複雑な事情があるようで、和也の中にも複雑な何かが絡まっているらしい。それは複雑過ぎて、直樹の理解の範疇《はんちゅう》を遥《はる》かに超えているようだ。

都心の高層ビルの最上階で食事をし、次はドライブだと言って隣県の港まで足を延ばした。

散々連れ回されて部屋に戻ったのは、夕方をかなり過ぎた時刻になっていた。東江が出迎えてくれたことにホッとした。

「連れ回して悪かったね」

部屋まで送り届けてくれた和也が言った。

「いえ。今日はありがとうございました。楽しかったです」

直樹の儀礼的な答えに相変わらず笑顔のままだ。

「また誘うことにしよう。たまには、ね。息抜きは必要だ。そう思わないかい？　東江」

直樹を見つめ、直樹を誘いながら和也が東江に聞く。とても楽しそうな声で。

「そうですね。スケジュールを組みます」

「デートの相手は全面的に僕が引き受けるよ。ひとりで出歩くのは、申し訳ないけどやはり危険だ。直樹君だって休みの日ぐらい教育係さんから離れたいよね」

暗に、直樹の休暇はそのまま東江の休暇だと、和也の眼が語る。

「また……連れていってください」

そう答えるしかない直樹に、和也はにっこりと笑った。

「本当に君は……可愛いね。さっき言ったことは嘘じゃないよ？」

そう言って、直樹の唇にそっと指を当ててきた。

「いつでも言って。君の好きなように。僕は君の味方だよ」

秘密めいた声を残し、和也が出ていくと、ほっと溜息が漏れた。ソファに腰を落とし、顔を撫でる。化粧を施していないのはやはり楽だ。両手で覆うようにして撫で、唇に手を当てた。

「どうした？　疲れたのか？」

東江の声に「ああ、うん。やっぱりね」と正直に返事をした。翻弄され続けた一日だった。和也の言葉に振り回され、そうでなくても巡りの悪い思考をフル回転させられる羽目になった。

「おまえが嫌なら断るぞ。休暇が欲しいならゆっくりしたらいい。……和也さんが言う通り、ひとりで出歩くというのは許可できないが」

遠慮がちな言葉に東江を見返す。

「一日今日のような格好で部屋で寛《くつろ》ぐのもいいし、行きたいところがあるなら、私が付き合おうか」

「でもそれじゃあ東江の休暇にならないだろう？」

直樹の言葉に東江は「私のことはいい」と言った。

「仕事人間だな、東江は」

「そんなことはない」

そんな会話をしながら、東江は帰ってきた直樹のために紅茶の準備をしている。ほら、こうやって働いてしまうじゃないか。

「また和也さんに連れていってもらう」

「そうか」

「疲れたけど、でもやっぱり息抜きにはなった」

心底楽しかったとは言い難いが、久し振りに一姫の扮装を脱いで、外の空気を吸えたことは、直樹にとってやはり息抜きにはなったみたいだ。

「どこへ行ってきたんだ？」

「六本木でランチして。横浜までドライブした」

「それはお前が行きたいところだったのか？」

「そうじゃないけど。あ、でもさ、ああいう高級レストランでも俺、ちゃんとできた。全然緊張しなかった」

ここに来る前の直樹だったら、金を払うと言われても、絶対に行こうとは思わなかっただろう。ナイフだフォークだフォーマルだネクタイだなんていう店は、テレビの向こう側の別世界だったのだ。

「東江の特訓の賜《たまもの》だな。味も分かったし、美味《うま》かった」

直樹の言葉に東江が笑った。

東江と一緒に出掛けられたりしたら、どうだろうと考える。球場やバッティングセンター。

カラオケに安い居酒屋。直樹の浮かぶ、行きたいところとはせいぜいそれくらいだ。もんじゃ屋なんかに連れていったらどんな顔をするだろう。それを想像するのはとても楽しく、だけど東江自身はちっとも楽しくないんだろうなと思った。

イギリス育ちの優秀な紳士は、お姫様の側にいるのがよく似合う。

「昨夜おまえが言っていたビデオを早速用意した」

リビングの壁に貼り付いている大画面テレビに歩いていきながら、東江がディスクを用意している。

「一姫んとこに行ってきたのか」

「善は急げと言うだろう」

ああ、やっぱり。そうなのか。

映像を用意する背中が心なしか弾《はず》んでいるように見えた。直樹が外で和也に翻弄されているあいだ、和也が言った通り、東江は一姫のところへ行っていたのだ。

「そうか。一姫喜んだろうな。あがりんが来て」

直樹の声に応えない東江の背中を眺めながら、画面に映像が映るのを待っていたら、不意にその背中が振り返った。

「明日にするか」

「なんで？」

「今日は休暇だった」

迂闊《うかつ》なことをしてしまったと、後悔するような顔を見せる東江は珍しい。

「いいよ。見たい。見せて」

東江がリモコンを操る。大画面いっぱいに小ハム子、もとい、本物の一姫が映し出された。背景には以前直樹が訪れた部屋の壁がある。ソファに斜め座りした姿は相変わらずコロコロしていて、足首の位置が分からなかった。

映像の中の一姫は、恥ずかしそうに小さな声で何かを言い、俯《うつむ》いてしまった。英語だろうから直樹には何を言ったのかもちろん理解できないが、声が小さ過ぎて聞こえない。画面の後方から「頑張って」という東江の声が流れてきた。

東江の励ましの声に一姫が顔を上げ、もう一度何かを言った。さっきよりも鮮明に、そして満面の笑みで、ふっくらとした唇が動く。

「……なんだ」

可愛いじゃないか。恥ずかしそうに、自信なさげに、だけどカメラの後ろにいる人にやさしく強く励まされて、一生懸命になっている一姫は、とても可愛いじゃないか。

身分違いだ、住む世界が違うなんて言っていたのに、この子の顔は、正直に伝えているじゃないか。二人は完全に同じ想いでいるじゃないか。豪華な衣装を身に纏《まと》い、注目を浴びながら歩く一姫なんかより、よっぽどお似合いじゃないか。

「どうした?」

「いや。なあ、一姫なんて言ってるんだ?」

「『ご機嫌よう。豪徳寺一姫です。はじめまして。今日はお会いできて嬉しいです』」

「ふうん」

「基本的な挨拶《あいさつ》なんだがな」

「わかんねえよ。だいたい声が小さいんだよ」

直樹の文句に東江は笑い、「まあ見ていろ」と言った。

「そのうち慣れてくる。ほら。だんだん鮮明になってきただろう。ちゃんと聞くんだぞ」

練習用だと分かっているのだろう。短いセンテンスで同じ言葉を繰り返す口調が、東江の言うように、徐々に鮮明になってくる。

「一姫の話す英語は綺麗《きれい》だぞ」

我が子の自慢をするように、東江が言う。

繰り返される言葉を、聞こえるまま声に出してみた。意味も自分が何を言っているのかも分からないまま、音楽のように口ずさむ。それを聞いた東江が、今度はひとつひとつの単語を教えてくれた。東江の言葉も耳に心地好く、綺麗な音だと思った。

一姫の声を聞きながら、東江の唇の動きを真似《まね》て、もう一度声にのせてみる。頷いた東江が、今度は長いセンテンスを綴《つづ》り、それもそのまま口真似をしたら、東江が目を見開き、それからゆっくりと笑った。

「……凄いな。完璧だ」

「ほんとか？」

「ああ。驚いた」

東江の感嘆の声にへへ、と笑いが漏れる。褒めてもらえるのが単純に嬉《うれ》しい。

「この調子で覚えていけば、どんどん上達していくだろう」

「……覚えるのか」

途端に暗い気持ちになる直樹だった。

「なに、それほど難しい会話はない。自分の言っていることが理解できたら、相手が同じことを言えば分かるだろう。それだけ耳がいいんだ」

「そうかな」

煽《おだ》てられるとすぐに浮上する。どうやら東江は直樹の性格を把握しつつあるらしい。鞭《むち》を振って叱《しか》るより、褒めれば伸びるのだと。

「できると思うか？　東江は」

「ああ。ちゃんと仕込んでやると言っただろう」

「そうか。はは。じゃあ、頑張る」

そしてまんまと乗せられて調子に乗った直樹は、俄然《がぜん》やる気が漲《みなぎ》るのだった。覚えたての言葉を繰り返し口ずさみ、今度は一姫の声音《こわね》を使って、感情豊かに表現してみせる。

「今日はこれぐらいにしておこう。夜も遅い」

一姫の画像を食い入るように見つめ、全部を丸呑《まるの》みしようとする直樹に、東江が言った。

素直に頷き、明日に備えることにする。次の一姫としての仕事が控えている。覚えるのは英語だけではないのだ。

「今度は結婚式だっけ」

どこかの政治家の甥《おい》だか従兄《いとこ》だかなんだか、とにかく遠い親戚《しんせき》の結婚披露パーティに招かれ、歌を一曲披露することになっている。忙しい一姫は列席はせず、会場に直接入り、一曲歌って祝辞を述べ、すぐに次の仕事に行くことになっている。もちろん長居してボロを出すのを防ぐためだ。

「それまで体調を整えないとな。風邪なんか引いてらんねえもんな。引かねえけど」

風呂に入り、タブレットを呑《の》んで、ぐっすり眠る。そしてまた明日に備えるのだ。

「足は大丈夫か?」

「全然平気だよ。マッサージもしてもらったし。今日はほら、これだし」

和也に用意してもらった男物の革靴は、新品にも拘わらず足にしっくり馴染《なじ》み、靴擦れも起こしていない。

「それに、痛かったらちゃんと言うよ。我慢しないで。今度から」

つらそうだなどと、見ていられないから辞めてもいいなどと、二度と言われないように。

「だってちゃんとフォローしてくれるんだろ？　東江が」

「もちろんだ」

「だったら大丈夫だ」

直樹の才能を信じて東江はここに連れてきたのだ。誇り高く傲慢《ごうまん》で意地悪だと思った人は、出会ったときの印象と変わらず、真摯《しんし》で愛情深かった。そんな東江の期待に応えたいと思う。努力をすれば、東江は直樹を絶対に見放さない。今日だってちゃんと一姫のビデオを用意してくれた。直樹の体を気遣い、休暇もくれようとしてくれた。東江ができると信じてくれているうちは、直樹も東江を信じればいい。

「あのな、仕事に行くときに、一個だけお願いがあるんだけど」

「なんだ？」

「うん。学園祭とか盆踊り大会のときとか、ステージに上がる前にやってたおまじないがあるんだ」

「おまじない？」

「『絶対上手くいく。ずっと見ててやるから』って、こう、拳《こぶし》と拳をぶつけて、『行ってこい』って」

拳を作って東江の前に差し出すと、東江は「こうか？」と、直樹の拳にそれをコツン、と

軽く当ててきた。懐かしいおまじないに、笑顔が零《こぼ》れる。

「貞夫《さだお》がやってくれた。これやると、なんか、何でも上手くいきそうな気がしたんだ」

「そうか」

直樹の笑顔に釣られるように東江が笑った。

「東江。俺、頑張るからな」

合わさった拳をくっつけたまま、東江を見上げた。

「頑張って、完璧な一姫になる。三代目が凄かったって伝説になるくらい。な」

見上げる東江の眼《め》が、やさしく細められる。

「そしたら東江だって、嬉しいだろ？」

合わせていた拳が離れ、それが直樹の頭に置かれた。よしよしと褒めるような掌の動きに、へへ、と笑いが漏れる。

頑張るから。一姫が望む一姫を、頑張って演じ続けるから。

だから自分が一姫でいるうちは、見守っていてくれ。一秒も直樹の顔を出さないから、だからこっちを向いていてくれ。

明日に備えて寝るという直樹を部屋に残し、東江が出ていったあと、直樹はビデオをもう一度付けた。画面いっぱいの一姫を眺めながら、ひとり彼女の言葉を繰り返す。ときどき画面の外から東江の声が聞こえた。やさしい声だった。

ビデオを消し、夜の支度をしてベッドに入る。目を閉じても耳には二人の声が残った。その声を聞きながら、眠りに落ちる。

夢を見た。

大きな水槽で、熱帯魚たちが泳いでいる。直樹はそれのひとつひとつを指して、名前を教えている。これは食えるだのこれは食えねえだのと講釈する水槽の中、綺麗な魚がダンスをするように、二匹泳いでいた。

二匹のダンスを眺めていた直樹は、いつの間にか自分も魚になっていた。踊る二匹を、小さな金魚鉢の中からじっと見つめている。二匹を真似て、自分もひらひらとヒレを震わせて踊ってみる。綺麗なターンを決めて、嬉しくなって振り返ると、直樹のいる金魚鉢など目に入らない、二匹の魚は、やっぱり楽しそうにお互いを見つめ合ったまま、ヒラヒラ、ヒラヒラと、踊り続けていた。

レッスンと仕事の日々が淡々と過ぎていく。東江は相変わらず厳しく、ときどきは褒めてくれながら、一姫としての生活が続いていた。

和也が相変わらず直樹をからかいにやってきては、デートに誘う。その日一日だけ直樹は直樹に戻り、東江にも休暇が与えられる。東江がどんな休暇を過ごしているのか、直樹は知らない。

英語のレッスンも続いていた。単純な挨拶から、徐々に複雑な会話へと進み、必死に付いていく。

脳の血管が焼き切れるんじゃないかというぐらいに集中し、音を拾っていくうちに、耳だけが異常な発達を遂げていた。

一姫が悪戯でときどき話す、長ったらしい早口言葉を、一回で真似するまでに至ったときには、東江が珍しく驚きの表情を見せていた。意味はもちろん分からなかったが。

音の高低、強弱、話し方の癖までも、瞬時に真似ることができるようになっていた。東江が話せば、東江の癖そのままに口真似をする。

自分がインコになったような気がするときもあったが、結局こういうふうにしかできない。ことをただひたすらに繰り返す毎日だった。

件《くだん》のR国の接待のためのパーティは、三日後に控えていた。そのあいだも、直樹は様々な仕事を滞りなくこなしている。

ファッションショーのゲストとして招かれ、本物のモデルに混じり、見事にウォーキングをしてみせ、来シーズンに向けての豪徳寺グループのCM撮影でも完璧に一姫を演じた。豪徳寺観光の主催する船上パーティでは歌を披露し、政治家の誕生パーティでは見事な祝辞を述べ、二世のダンスの相手をし、完璧に惚《ほ》れられた。

三日後のパーティに向けて、準備は完全に整っている。

今日も東江の用意した一姫のビデオでレッスンをしていた。リモコンを操作して、引っかかったところを巻き戻し、躓《つまず》くことなく話せるようになるまで何度も繰り返し、覚えていく。

「ドレスが届いた」

肩に手を置かれ、我に返って振り返ると、東江が見下ろしてきた。集中し過ぎて電話の音も聞こえていなかったらしい。直樹の持っていたリモコンを取り上げられ、画像が消えた。

「もういいだろう。少し休みなさい」

最近東江は、こうして直樹を労るような言葉を口にする。仕事に出かけた夜は、直樹がベッドに入るまで、全て面倒をみてくれるようになっていた。

「また引きちぎられては困るからな」

そんな口をききながら、約束通り、ピアスを外してくれ、足のマッサージも欠かさない。直樹も意地を張らずに全てを任せることにしている。仕事をやり遂げた夜の、極上の褒美として受け取っている。

ここに連れてこられてから約半年。四代目の準備がどのくらい進んでいるのかは分からない。それでもあと数ヶ月、直樹が頑張れば、この褒美は受け取ることができるのだ。

ドアがノックされ、いつものスタッフが入ってきた。

三日後のパーティのために用意されたドレスが運ばれてきた。仮縫いを済ませ、微調整も終わっている。あとはこのドレスに合った髪型とアクセサリーを選び、最終形を決める作業だった。

何度も着せられたドレスにもう一度袖《そで》を通す。濃紺のサテン地とシフォン地のドレスは、アメリカンスリーブで、首元が隠れるようになっている。背中はかなり開いていて、毎日磨きを掛けた肌を際立たせる作りになっていた。

スタイリストが熱心に直樹のカツラをアレンジしている。アップさせ、ダイヤでできたティアラ風の飾りが付けられ、お揃《そろ》いのイヤリングは華やかで大振りだった。豪華な衣装にふさわしい化粧も施される。

作業を終わらせたスタッフが、一歩後ずさり、ホウ、と息を吐いた。

「……素晴らしいです。歴代の誰より劣りません」

東江のほうを振り返り、どう？　と、軽く歩いて見せる。何も言わない東江に不安になり、もう一度顔を仰ぎ見た。東江の考える一姫とは違っているのだろうか。

「……駄目、ぽい？」

スタッフたちは口を揃えて褒め称《たた》える。だけど、欲しいのは東江の言葉だ。

「……ああ。いいんじゃないか？」

そっけないセリフに、それでもほ、と笑みが零れた。

「そっか」

安心して、ドレスの裾を摘《つま》み、部屋を廻《まわ》る。裾の長いドレスは、足捌きが難しかった。

「ちょっと慣れないと、裾踏みそうだ」

「靴はどうだ？　痛くはないか？」

「ああ。履き心地がいい。全力疾走できそうだ」

あれから一度も靴擦れはおこしていない。約束通り、東江は直樹から一時も目を離さず、細心の注意を払ってくれた。以前は直樹を置いてズンズン歩いていた東江は、今は直樹の歩調に合わせて歩いてくれる。直樹もそんな東江に全てを預け、何があっても東江がいるからという絶対の信頼のもと、堂々と一姫を演じ続けた。

仕事前のおまじないも忘れることなくしてくれる。拳を合わせ、見ててやるから行ってこいと背中を押される。そして約束通り、ずっと直樹を見守ってくれるのだ。

スタッフたちが後片付けをし始めた。あとは当日、万全の態勢で臨むだけだ。ドレスを脱ぐ手伝いをしようと、スタッフの一人が近づいてきた。

「あ、もう少し着ていてもいいかな。まだ慣れないし」

せっかくの扮装も、裾を踏んで転んでしまっては台なしだと思い、今少し練習をしたかった。

「これでダンスもやるんだよな」

裾捌きに気をつけながら、ステップを踏んでみる。ちょっと難しそうだ。

「どれ。それではお相手をしよう」

東江が手を差し出してきた。え、と仰ぎ見ると、目の前の顔が笑っていた。見つめ合ったまま、その手に自分の掌《てのひら》をのせる。引き寄せられ、そっと腰を抱かれた。

ゆっくりリードされ、自然に足を運ぶ。片付けをしながら、スタッフたちがそんな二人を見ていた。

「それでは、練習が終わりましたら、また参ります」

向かい合ってステップを踏む二人を残し、全員が去っていった。

広い部屋の中、二人きりで踊る。

背の高い和也と踊るとき、ヒールを履いても直樹の視線はせいぜい顎の辺りだ。東江はそれよりも少し低い。向かい合うと、直樹の視線は東江のそれとほぼ同じ高さになった。

抱き合ったまま、見つめ合う。これほどの至近距離で目を合わせたのが初めてで、直樹は思わず下を向いた。

「こら、俯くな」

すぐに叱られ、また視線を上げる。

「堂々としていろ」

そんなこと言われたって、近すぎなんだよ。

目を合わせられなくて、視線を泳がせればまた叱責《しっせき》される。

「おどおどするな」

「んなこと言っても」

「ジュニアに惚れられた笑顔はどうした」

からかうように東江が言う。政治家のパーティですっかり一姫の虜《とりこ》になった二世は、しょっちゅう花を贈ってくる。

「今度の相手はそんな態度では舐《な》められるぞ」
キ、と東江を睨《ね》め上げる。
「……喧嘩を売っているのか？」

いちいちちいちゃもんを付け、それでも何となく楽しそうに東江は直樹をリードし続ける。

「東江も踊れるんだな」

「当たり前だ」

「なかなか上手いじゃないか」

せめてもの意趣返しに、そんな口をきいてみる。東江はふ、と息を吐き、もう一度直樹の腰を引き寄せた。

「和也さんほどではないがな」

「そんなことねえよ。踊りやすい」

「そうか」

「……上手くいくかな」

外側をどんなに着飾っても、メッキがはげるときは呆気《あっけ》ない。相手は日本語圏ではないのだ。

「大丈夫だ。私がいる」

直樹の不安げな声に、東江が力強く答える。

「緊張するか？」

黙って足を運ぶ直樹に東江が聞いてきた。

「ああ。そりゃ、少しはな」

触れるか触れないかの距離で、目を合わせないまま答える。

「けど、東江がいるからな。なんかあったらすぐ助けてくれるんだろ？」

「ああ。そうだ」

「なら安心だ。東江が大丈夫っていうんなら大丈夫だ」

「そうか」

自分でも無理だと思っていたことも、東江のあとを必死に追いかけて、付いていった。

厳しくて、叱られることもしょっちゅうだけど、東江はそれでも根気強く直樹が追いつくのを待ってくれた。だから頑張れたのだ。その東江が大丈夫だというのなら、本当に大丈夫なんだろう。

「ずっと、見ててくれるんだろう？」

直樹が一姫であり続ける限り、東江は直樹から眼を離さない。

「きっと上手くいく。ちゃんと見ていてやるから」

拳を合わせる代わりに、東江は直樹の背中を抱いたまま、おまじないの言葉を言って、笑った。

「うん」

いつだって見ているのだから安心しろと言われ、そうだなと頷いて、体を預けた。広い肩に化粧が付かないように、ギリギリの距離に顔を寄せる。東江の耳に、自分の耳を寄せるようして合わせ、ゆっくりと揺れる体に付いていった。

目を合わせるのが気恥ずかしく、同時に少し切ない。それでも視線を外してしまうと、今度はもう一度その瞳を覗きたくなってしまうのだから、どうしようもないと思う。

そっと東江の顔を仰ぎ見た。やさしく深い眼差しが直樹を捉え、笑っている。その僅かな眼の動きが、様々な表情を作る様を眺め、思い出していた。

ああ、そうだった。初めて会ったとき、なんていろんな表情を見せる人だと思ったんだった。涼しげで、やさしげな目元がほんの僅《わず》かな動きで劇的に変わるのに、見惚《みと》れていた。その眼で助けてくれと乞《こ》われ、付いてきてしまったのだ。

目の前の人が、直樹を見つめている。だけど目に映っているのは、本当の自分ではない。

あくまでも本物を装った偽物なのだ。

本物の本体もないのに。

じゃあ、自分は一体、何になろうとして、ここにいるのだろう。

「一姫とも、こうして踊ったこと、ある？」

「いや、ない」

「なんで？」

「そんな機会はなかった。それに、そういうときの相手は私ではないから」

淡々とそう言う東江の目元はそれでも笑っている。それで満足なのだと、笑っている。あくまで一姫を支える影として、後ろに控えているというわけか。

「流石《さすが》、『忍《しのぶ》』だな」

「なんだ、それは？」

「いや別に」

自分だって人のことを言えない。そんな東江を知っていて、それでも惚れてしまったのだ。そして東江の大切に思う一姫の希望を叶《かな》えるのに手を貸し、涙ぐましい努力をしている。

和也が直樹のことを「可愛い」と評する気持ちが分からないでもない。そんな自分が滑稽《こっけい》で、それでも愛《いと》しく思う。

馬鹿だけど。

馬鹿だから。

こんなふうにしか、好きな人に協力できないのだ。

「可愛いなあって思ってさ」

「誰がだ？」

「俺が」

東江が吹いた。

「おまえは……何というか」

「馬鹿だっつうんだろ。知ってるよ。どうせ巡りが悪いんだよ」

「いや。そんなことはない。馬鹿だというのは当たっているかもしれないが」

「ほらな！」

「だが、巡りが悪いとは思わないぞ」

え、と顔を上げる直樹を、東江が笑顔で見下ろしてくる。

「私や一姫の言ったことを、一度で覚えるじゃないか」

「それは、単に耳で聞いて繰り返してるだけだし」

「ダンスだってすぐに覚えた。だいたい、一姫のライブの全てを丸のまま記憶するなどということは、誰にでもできることじゃないぞ」

「そう、かな」

「おまえは自分で思っているほど馬鹿じゃない」

やさしい声に、思わず口が綻《ほころ》び、下を向いた。にやけてしまった顔が元に戻らなくなってしまう。本当、お手軽だ。こんな言葉ひとつで、泣きたくなるほど嬉しくなってしまうのだから。

「貞夫君は、そういうおまえを操縦するのがとても上手かったんだろうな」

直樹の特殊な能力を上手く引き出し、集中させる術《すべ》を知っていた。だからあれほど完璧な一姫もどきを作り上げたのだろうと言われ、納得する。

「うん。そうだな。あいつはそういうのが上手かったかも。人を気持ちよく持ち上げてさ。『やればできる。やればできる。おまえはやればできる子だ』って。はは。俺、単純だから」

腰に添えられた腕の力が増したような気がした。大きな掌でギュッと引き寄せられ、二人の体が密着する。どうしたのかと、もう一度仰ぎ見る先には、相変わらず笑みを湛《たた》えた東江の顔があった。

「Je suis tombé amoureux de toi.」

不意に東江が何かを言った。

英語だろう。早口で分からなかったが、そのまま同じ言葉を返した。直樹の声を聞き、東江が柔らかく笑った。

「今のはどういう意味？」

「足を踏まないでください」

戯《ふざ》けたような表情で東江が言う。

「ふうん」

「もう一度言ってごらん」

そう言われて、覚えたての言葉を繰り返す。東江が嬉しそうに笑い、同じ言葉を返してきた。足を踏まないでという言葉なのに、東江の口からそれが流れると、なんだかとても心地好く、何度でも聞きたい気がした。

東江の声を聞きながら、もう一度だけ、その瞳《ひとみ》をそっと覗いた。見つめ返してくる瞳に吸い込まれそうになる。

「そろそろ着替えたい。スタッフ呼んでくれ」

これ以上はちょっと耐えられそうにない。危険だと思った。こんな至近距離で抱き合うように体をくっつけ、見つめ合っているうちに、とんでもないことを口走りそうで恐《こわ》かった。

「そうか」

そう言っているくせに、東江の手は直樹の腰を抱いたままだ。

「……おい」

「香りがするな」

す、と耳元に寄って来た唇がそう囁《ささや》いた。

「薔薇《ばら》の香りだ」

毎日タブレットを呑んでいる。一姫ご愛用。薔薇の香りのタブレット。

「香りに酔いそうだ」

引き寄せられ、一瞬抱き締められたのかと思った。

ふわりと体ごと包まれたような感触を確かめる暇もなく、東江が離れていった。受話器に向け、スタッフを呼んでいる横顔は、普段の淡々とした表情に戻っている。

その横顔を見つめながら、夢の世界から取り残されたような、不安定な気分で、その場に立ち尽くしていた。


「一昨日、ドレス合わせだったんだって？　なんだ残念だな。呼んでもらえばよかった」

和也がしきりに残念がっている。

「いや、スタイリストの子がさ、君が綺麗だ綺麗だって興奮して騒ぐからさ」

スタジオの控え室で休憩を取っている直樹の後ろのソファでは、和也がゆったりと寛《くつろ》いでいる。

「どうせ明日になれば見れるじゃないですか。明日も和也さんがエスコートするんだし」

「そうなんだけどさ。でも、一昨日の美しさは一昨日だけでしょう。明日は明日の美しさな

んだから」

言っている意味が分からないが、しきりに残念がっている和也に苦笑してみせた。

明日のR国とのパーティを控え、仕事はないはずだったが、和也にどうしてもと請われ、撮影所に連れてこられていた。

来年用の豪徳寺《ごうとくじ》グループのカレンダーの一部を、急遽《きゅうきょ》今日撮りたいのだと言われたのだ。スケジュールはもっと先のことだったのだが、撮影に同行したい和也の予定が変更になり、空いている日が今日しかないという。別に和也がいなくてもどうということもないのだが、プロジェクトの責任者がそう言うのなら、従うしかない。

「悪かったね。無理を言って。本来なら明日に備えてゆっくりしたかったのにね。明日の催しはほら、今までとは違うから」

確かに明日は今までのイベントとは違う。直樹もそれは感じていた。相手がR国という国単位での交流の場であることも、その国が豪徳寺家にとって、重要な位置にあることも聞かされていたから。

数年後に行われる世界規模の博覧会会場に指定されているR国では、その催しに協力してくれる提携事業を捜していた。

メインでパイプを繋《つな》ぐことができたなら、豪徳寺にとっても、日本にとっても計り知れない利益が生まれる。狙《ねら》っている企業は多く、豪徳寺はいち早くそのチャンスを獲得していた。

だが、ライバルもまた多く、水面下では壮絶な足の引っ張り合いが続いているのだという。

ここで転《こ》ければ全てが転ける。

今までの仕事など、比較にならないほどの重責を、直樹は担っているのだ。

「親善のためのパーティなんですから、それほどのことはないですよ」

東江が淡々と言っている。失敗してもそれほど重大なことにはならないと、暗に励ましているのだ。

「そうだけどさ。言葉のほうはどうなの？」

「まあ、ぼちぼちと、なんとか」

和也は「貞夫方式」のことを知らない。知れば面白がってまた茶々を入れに来るだろうことは分かっていたから。

「万全に近い態勢で臨めます」

「ふうん。それは頼もしいことだ」

東江の言葉に和也が気のない返事をした。どちらに転んでも面白い。今日も和也は楽しんでいる。

「無理をさせたお詫《わ》びに、今日は僕が送っていこう。一姫の扮装のままだけど、帰りに美味《おい》しいものでも食べようか。個室をとれば構わないだろう。ね」

「でも今日は……」

「撮影もあとワンシーンだし、まだ時間も早い。夜になる前に帰してあげるから」

できれば今日は真っ直ぐに帰りたかった。大事なパーティを控えて、正直出歩きたくない。助けを求めるように東江のほうへ顔を向けると、和也が先回りをするように口を開いた。

「ここ最近、籠《こ》もりっきりだっただろう？　君だって窮屈だろうに」

そんなことはない、と言いかけて、言えなくなった。その前に「東江だって本番前には息を抜きたいよね」と言われてしまったからだ。

「ねえ、東江」

「そんなことはありません」

「最近一姫のところに顔を出してないだろう」

「まあ」

「ああ。そうか。夜に訪ねていたんだっけ」

「それは……」

「いいよいいよ。僕は細かいことは言わないよ。プライベートに口を挟むような野暮《やぼ》はしたくない。ほら、携帯、鳴っているよ」

和也に促されて、携帯を手にした東江が「失礼します」と控え室から出て行った。

「たぶん一姫からだよ。今日の撮影のことを伝えたから。だから、ね。少し僕に付き合ってよ。東江に時間を作ってあげて」

直樹を送り、外へ連れ出しているあいだに、東江を一姫と会わせてやってくれと、和也が悪戯っぽく片目を瞑《つぶ》る。

……なんだ。そういうことだったのかと、笑っている和也から目を逸《そ》らした。

「なんだかなあ。兄としてはどう見守ってやればいいと思う？　難しいよね」

相変わらず人の気持ちを掻《か》き回す言葉を楽しそうに口にする。

「いくら愛し合っていても、やっぱり障害は多いよ。僕としては応援してあげたいけど」

用件を終えたらしい東江はすぐに戻ってきたが、誰からだと聞く気にはならなかった。聞いたところで答えてくれるとは思わなかったし、答を聞いたら更に不快な思いをしそうだったから。

現場のスタッフが呼びに来て、撮影が再開された。カメラの前に行こうとする直樹に、東江がいつものように拳を出してくる。直樹が頼んだおまじないだ。

「……和也さんが見ているから」

周りの目を気にするふうを装い、東江の呼びかけに応えず、そのままカメラに向かった。ポーズを取りながら、一姫を演じ続ける。気持ちは激しく動揺し、別のことを考えていても、カメラマンの要望する通りに笑顔を向け、一姫に徹した。

なんだ。上手くいっていたんじゃないか。直樹の部屋から出て行ったあとで、一姫に会いに行っていたんじゃないか。

直樹をひとり置いて。

気持ちを別に飛ばしながらも、一姫として完璧《かんぺき》に振る舞っている直樹を、カメラの後ろに立っている和也が満足そうに頷いている。隣に立っている東江に視線を移すことはしなかった。

叩《たた》き込まれたプロ意識は、教えてくれた人が他所《よそ》を向いていても、もう完璧に根付いている。おまじないもいらない。

一昨日、抱き締められたと思ったのは、錯覚だった。あの行為には、何か特別な意味があったんじゃないかと期待した。もしかしたら、東江も直樹を好きになってくれたんじゃないかと、自惚《うぬぼ》れた。

何のことはない。一姫と同じ香りを放つ体に引き寄せられただけだったのだ。それなのに舞い上がって。東江の気持ちが知りたいだなんて。

馬鹿みたいだ。

つか。

馬鹿だ。

本当に、馬鹿だった。

無表情のまま、和也の乗る車の助手席に座っていた。

「……いいのか？　嫌なら言いなさい。私が断るから」

和也に聞こえないように、そっとそう聞いてくる東江に「和也さんに送ってもらう」と素っ気なく答えた。いつもと違う直樹の態度に一瞬眉《まゆ》を寄せた東江だったが、結局は何も言わなかった。それはそうだろう。東江はこれから一姫のところに行くのだから。何が嫌なら言いなさいだ。断ってと直樹が言ったら自分が困るのにと、憮然《ぶぜん》としたまま揺られていた。

「本当に悪かったね。無理を言って」

全然悪かったと思っていない口調で和也が謝った。人の心を玩《もてあそ》んで楽しむ和也は、わざわざパーティの前日にしなくてもいい仕事をねじ込み、楽しんでいるのだと思った。もしかしたら、明日直樹が失敗したら面白いとでも思っているのかもしれない。

「それにしても見たかったなあ、君のドレス姿」

まだそんなことを言っている。

「だから明日見られるでしょうが」

イライラが募り、八つ当たり気味に和也に噛《か》みつく。いつもの穏やかな表情で、和也が直樹を見つめ返してきた。直樹の言葉に、笑っている。

「本当に、見たかった。残念だ」

突然、鈍い衝撃音が聞こえ、反射的に音のしたほうを向いた。

信号待ちで止まっている車の窓に、細かい網目状の亀裂が入り、白く濁っている。その向こう側に立っている男が何かを振り降ろす姿が見え、窓にそれが突き刺さった。

バールだ。

突き刺さったままのそれをグリグリと押し広げ、穴の空いた所から手が伸びてきた。咄嗟《とっさ》に身を引き、手から遠ざかろうとする後ろからも同じような音がする。

「おいっ！　何をっ……やめろ！　やめるんだ。……がっ、ぐぁっ」

和也の叫ぶ声が聞こえた。

襲われた。

そう思った瞬間、口を塞《ふさ》がれた。背後から何かが伸びてきて、直樹の口を塞いでいる。

声を上げる暇もなかった。

隣では誰かが争っているような気配がする。

口を塞いでいたものが、人の手だと分かったときには、直樹の意識は闇《やみ》の中に引きずりこまれていた。


ガンガンと、耳のすぐ横で音がする。

ドラム缶でも叩いているのかと、そのうるささに顔を顰《しか》め、目を開けた。

首が痛い。折れそうなほどに項垂《うなだ》れたまま寝ていたらしい。体が起き上がったまま、首だけ下に向けていたからだと気が付き、痛い首を懸命に持ち上げる。

ガンッ！　と後頭部に衝撃を受け、星が飛び出たように目の前がチカチカした。

殴られたのか。

なんで？

まだよく回らない頭で思い出そうと懸命に首を振る。耳の後ろでは、まだあのうるさい音が鳴っている。静かに後頭部の痛みが去るのを待っているうちに、この音が自分の頭の中から聞こえてくることに気が付いた。頭痛がするほどの耳鳴りだった。

今度はそっと頭を持ち上げる。後頭部にまた殴られたような衝撃があったが、一発目ほど強烈ではなかった。たぶん、さっきの痛みも外から殴られた衝撃ではなかったのだろう。闇に引き込まれる瞬間、何かを嗅《か》がされたという記憶があった。そしてそのまま気を失った。耳鳴りも、打たれたような頭痛も薬を嗅がされた後遺症だ、たぶん。

自分の足下に目を落とす。裸足《はだし》だった。脱がされたのか。それともここに来るまでに落ちてしまったのか。

記憶はまったくなかった。足を動かしてみて、ちゃんと思った通りに動いたから少し安心した。

だけどその他が動かない。

自分は椅子《いす》に座っている。そして縛られていることに、気が付いた。両手首を縛られ、椅子の背もたれに回された腕ごと椅子に括《くく》り付けられていた。

「目が覚めたかい？」

聞き覚えのある声がして、顔をもう一度上げる。正面にいるらしい人の姿を認めようと、目を凝らす。

頭痛と耳鳴りは幾分治まってきた。だが、確認しようとする正面が眩《まぶ》しすぎて、大きく眼を開けることができなかった。

「瞳孔《どうこう》がね、開いたままだから、眩しいよね」

これも薬の後遺症らしかった。

「か……ず、や、さ……」

発せられる自分の声が、挽《ひ》きつぶされたカエルのようだった。

車に乗っているところを襲われた。それから二人してここに連れてこられたらしかった。目が潰れそうな眩しさを堪《こら》え、必死に声の主を確認しようと顔を上げ、出ない声を絞りだそうと藻掻《もが》いた。

「だ……い、じょうぶ、か？」

自分がこれほど苦しいのだ。一緒に襲われた和也もきっと同じ状況に違いない。誰かが直樹を一姫だと思い込み、和也と共に誘拐したのだ。

「僕？　平気だよ。ああ、心配してくれてるんだ。ありがとう。君はやっぱり可愛いね」

姿が確認できないまま、和也と思われる人物の、やけに落ち着いた声を聞いた。

「本当は僕だって、こんなことをしたくなかったんだよ」

眼を細めたまま、その意味を考える。

何かがおかしい。

どうして和也はそんなに落ち着いているんだ？　何故そんな言い方をする？　まるで、直樹をこんな目に遭わせたのが自分であるかのようなことを。

「なん……で」

体のどこの部分も思うようにならない状態で、必死に和也に問う。

何故こんなことを？

「君、頑張り過ぎ」

表情は見えないが、声は明らかに笑っていた。この状況で、和也は確かに笑っているのだ。

「降りてくれて構わないって、言っただろう？　それに、むしろ失敗を待っているって」

悪いことをしたのは直樹のほうなのだと、言い聞かせるようなやさしい口調だった。

「それなのに、直樹君、頑張っちゃうから。お陰でこんなことになった」

まるで直樹のせいでこうなったとでも言うように。

「明日のね、パーティは、開催されちゃ困るんだよ。絶対にね。というか、成功されては困る。だからこういう形を取った。主催者側のお姫様が誘拐されたら、パーティどころじゃないでしょう？」

和也の言葉が理解できない。そんなことをしたら、パーティどころか和也自身が破滅するじゃないか。

これはもうゲームの域から外れている。

「豪徳寺なんかなくなってしまえばいい」

尚も明るい声で和也が語る。

まるでゲームを強制終了させるように、駄目ならリセットしちゃえと、笑ってボタンを押す子どものような無邪気な声だった。

頭を上げ続けるのがつらくなって、がっくりと首を落とすと、和也が近づいてくる気配がした。

膝をつき、項垂れた直樹の顔を、下から覗きこむようにして和也が見上げてきた。眼を細めたまま、和也の顔を見つめる。薄く開けた視線の先に、いつもの穏やかな表情があった。

「和也さん、なんで……」

「面白くないからね。このままだと。それだけさ。今頃大騒ぎだろうね。想像してごらんよ。すごく愉しいと思わないかい？」

「どうするつもりなんだよ。こんなことして……和也さんだって」

こんなことをして、ただで済むはずはない。これは犯罪だ。

「僕？　僕は大丈夫だよ」

戯けたような声で、和也は言う。

「君と僕は、白昼堂々と誘拐されたんだ。路上で無理やり連れ去られた。大勢の人が見ていたよ。警察にも通報が行っているはずだ。一姫が誘拐されたってね」

気を失う寸前、和也の言い争うような声を聞いた。あれは外に向けての演技だったのか。

考えてみれば、窓を割られた直後に背後から薬を嗅がされた。車の後ろに潜んでいたのか。急に撮影だと連れ出されたことも、いつもの単なる嫌がらせではなかったのだ。無理やり外に連れだし、一姫と東江との仲をダシに使って直樹の心を乱し、自分の車に乗せた。東江に掛かってきた携帯も、予《あらかじ》め仕掛けられていたことだったのかもしれない。

「パーティは開催されない。天下の一姫が誘拐されて、行方不明になるんだから。そして豪徳寺の面目は丸つぶれだ」

膝をついて直樹を見上げたまま、和也が腕を伸ばしてきた。耳たぶについたピアスを触っている。

「君があんまり一生懸命だからさ。胸が痛んだ。こんないい子が豪徳寺の犠牲になって、やりたくもないことをやらされて」

普段着けている、薔薇の形の小さなピアスを玩ぶようにして、弄《いじ》っている。

「君のことは気に入っていた。本当だよ。助けてあげようと思って檻《おり》から出してあげたのに、自分から戻るんだもんな。あれにはがっかりした。そんなにあの男がよかった？　懐きまくって、見ていて気持ちが悪かったよ」

やさしい顔のまま、和也が言った。

「二代目は喜んで逃げていったよ。君もあそこで降りていたら、こんなことにはならなかったのにね。お陰でゲームが延びちゃったじゃないか」

その言葉を聞いて、二代目を逃がしたのも和也自身だったのだと悟った。

「忠告しただろう？　偽物は所詮《しょせん》偽物なんだって。君も、一姫も。豪徳寺に相応《ふさわ》しいのは、本当は僕のはずなのに、なんで僕がこんなくだらない仕事をしなくちゃならないんだよ」

ブチ、と音がして、痛みが走った。

「あんな夢見ることしかできない、ただの豚女のフォローなんか、もうごめんだ」

小さな薔薇のピアスが、和也の手に握られている。

「だから壊すことにした。もうやってられないよ。愉しくないもの。君は言うことをきかないし、周りの連中も僕を馬鹿にして。思い知ればいい」

和也が立ち上がった。痛みを堪えて見上げると、見下ろしてきた顔がまた笑った。

「誘拐された一姫はこのまま行方不明になる。身代金目的じゃないからね。豪徳寺には敵が沢山《たくさん》いる。犯人を絞ることはきっとできないと思うなあ。ま、目星を付けたところとトラブ

ルが起きるのも一興だ。そして一姫はもう、一姫として二度とこの世に出られない。そうやってあの屋敷の中で、一生隠れて生きていけばいい。お似合いだ」

「捕まるぞ。和也さん」

そうだ。大勢の目の前で起こった事件だ。警察だって必死に捜すだろう。まして、誘拐されたのが一姫なのだ。

「だから僕は馬鹿じゃないって言っているだろう。分からない子だな」

不意に後ろからガンガンと、鈍い音がした。スチールのドアを叩《たた》く音だとすぐに分かった。和也が直樹の後ろに回る。コンクリートで囲まれた部屋には窓がない。光の射さない部屋を、ようやく眩しさに慣れてきた目で見回す。

時間がどれくらい経《た》ったのか。ここは何処《どこ》なのか。地下なのか、地上なのか。五感の全てを使って情報を得ようと努力をした。縛られたまま、後ろの様子に耳を澄ます。

ぼそぼそと話し声が聞こえた。内容はよく聞き取れなかった。それでも神経を集中させ、必死に逃げる方法を探す。

ドアの閉まる音がして、和也が戻ってきた。

「残念」

そう言うなり、直樹の前に腰を下ろし、胡座《あぐら》をかいた。

「君、見捨てられちゃったみたいだよ」

笑って告げられる言葉の意味が理解できない。

「警察は動いていないってさ。一姫は誘拐されていないらしい」

「そんな……」

「誘拐は発生していない。僕らの誘拐現場は、一姫の次のＰＶのためのゲリラ的な撮影だったと説明があったそうだ。残念だった。四代目がすぐさま用意されたそうだよ。パーティは予定通り開催されるらしい」

愕然《がくぜん》としたまま、和也の声を聞いていた。

信じられない。直樹がいなくなって、すぐに後釜《あとがま》を用意したという事実に打ちのめされていた。

「んー。困ったなあ。僕としては、君だけの犠牲で済めばいいかと思っていたんだけど、そうもいかなくなってきた。とにかく困るんだよ、豪徳寺とＲ国が仲よくなると。僕の立場が危なくなる」

困ったと言っている割に、まだ超然としている。

「第二ステージ発動、だね」

ゲームの続きを楽しむように、和也が笑った。

「テロ事件を起こそうか」

「何を……？」

「君だって悔しいだろう？　こんな仕打ちを受けて。あんなに一生懸命やったのにさ。まるで使い捨てだ。君のために用意されたドレスを着て、別の替え玉がパーティに出るんだよ。悔しいと思わない？　僕が敵をとってあげるよ」

　言っていることが明らかにおかしい。今直樹をこんな目に遭わせておいて、直樹の敵をとると言っている。

「きっと君のほうがドレス、似合うと思うよ。ああ。本当に見たかったなあ」

　残念だと嘆きながら、笑っている。

「会場ごとふっ飛ばしちゃえばいい」

　目の前の男は、こともなげに言って笑っている。ゲームのように、ひとつが失敗したら、また次の作戦を用意して、クリアしようとしているのだ。

「和也さん。止《や》めよう。駄目だ。そんなことして、自分も無事に済むわけがねえだろ」

「僕？　大丈夫だよ。豪徳寺が潰れれば、喜ぶところがあるんだよ。その事業をそっくり受け継ぐ準備も整っている。僕はそこへ速やかに移動する。簡単なことだ。世の中便利だよね。金さえ積めば、すぐにでも別の人生を用意することができるんだから」

　携帯を取りだした和也は、何処かへ電話をし、早口で何かを言った。それを見て、ここが携帯が通じる場所なのだと思った。地下に潜っているわけではないらしい。

　和也は何かを指示しているようだった。日本語じゃない。英語とも違う。中国語か韓国語か。

テロを起こすと言っていた。会場ごと吹っ飛ばしちゃえばいいと。その指示を出しているのか。和也の口の動きを盗み見ながら、耳を澄ませる。聞き覚えのある単語がひとつでも出やしないかと用心深く聞き入るが、馴染《なじ》みのない外国の言葉は、どれひとつ理解できなかった。

携帯をポケットにしまった和也がこちらを振り返った。相変わらず笑っている。

「準備完了。豪徳寺はこれで終わり。リセット」

高らかにそう言って、両腕を広げた。

「あんな連中、全員死んでしまえ！」


どれぐらいの時間が経ったのか。

直樹は椅子に縛り付けられたまま、延々と和也の恨み言を聞かされていた。

本妻に子どもができなかったため、非嫡出子の自分が後継者として選ばれたこと。豪徳寺のトップを継ぐ者として、厳しい帝王学を叩き込まれたこと。いずれ自分のものになると信じていた世界をあとから生まれた妹に取り上げられ、あっさりと捨てられたこと。

優秀な自分をないがしろにされたこと。つまらない仕事しか与えられず、誰も彼もに馬鹿にされたこと。

豪徳寺を憎んでいること。

復讐《ふくしゅう》を誓ったこと。

相変わらず笑ったまま、つらつらと復讐への行程を語る和也の話は、おぞましく、悪意にまみれ、どこか矛盾があり、哀《かな》しいほど自分本位なものだった。

「僕のほうが優秀なのに」と、繰り返す和也。

「ダンスの講師だ、パーティのエスコートだ、そんなくだらない仕事しか与えられなかった。酷いと思わないか?」

自分から直樹の講師役を買ってでたはずなのに、そんなことを言っている。

「思わねえよ。だってダンス上手いじゃねえか」

直樹の返事に、和也は馬鹿にしたように口を曲げて笑った。

「別に、嫌ならそう言えばよかったんじゃねえの? 他の仕事させてくださいってさ」

「まさか」

「なんでまさかなんだよ。言えばいいじゃん。俺、優秀です。仕事くださいって」

和也の表情が強張った。

「そんなことはできるはずがないじゃないか」

「なんで? 頭いいんだろ?」

「僕に頼めというのか？　仕事をくださいって？　僕が？　この僕が？　馬鹿らしい」

自分の胸を指し、和也が大袈裟《おおげさ》な表情を作った。

「周りが無能過ぎたんだよ。誰も僕の言うことなんか聞いてくれなかった。あんな奴ら、いなくなってしまえばいい」

頭がいいのか、自分にどんな自信があるのか知らないが、直樹の知っている和也はいつも、ただ笑顔でそこにいるだけで、何にも没頭しているようには見えなかった。

直樹を試験に呼んだあの日だって、真剣に会議をするみんなの横で、面白そうに見ていただけだったじゃないか。今日だってそうだ。一姫プロジェクトの代表責任者なのに、四代目の用意がどこまで進んでいるか知らなかったのが、いい証拠だ。

大した努力もせずに、自分の不幸を他人のせいにしている。そして逆恨みして、お門違いな復讐をしようとしているのだ。

「だから全部壊すのか？」

「そうだよ。僕の偉大さを痛感して、後悔すればいい。新しい環境は僕を必要としてくれている。僕にはその資格があるんだ」

またスチールドアを叩く音がして、和也が話を止めた。

「ああ。準備が整ったらしい」

部屋の中に、男がひとり、入ってきた。蛇のような目をした、陰気な感じの男だった。瘦《や》せていて顔色も悪い。

男がこちらを見ながら何かを言った。表情も変えず、口も動かさずに話す言葉はやはり直樹には理解できなかった。

和也もまた直樹に分からない言葉で話し、そのあとにこりと笑って直樹に通訳をしてくれた。

「君が男か女かってって聞いている」

獲物を狙ったような鋭い視線に、改めて恐怖が走った。

「俺……どうなんの？」

「そうだね。初めからパーティを壊すのなら、君の誘拐はいらなかった。でもこうなると、ほら、じゃあ返しますってわけにはいかないだろう？」

しゃがみ込み、直樹の顔を覗いた男が、カツラを掴み、グイグイと引っ張った。容易なことでは外れないカツラを力任せに引っ張られ、直樹は痛みに顔を歪《ゆが》めながら耐えるしかなかった。

引っ張っただけでは取れないと判断したらしい男は、今度は直樹の服のボタンに手を掛ける。

「な、何すんだよっ！」

縛られたまま、身を捩《よじ》って抵抗するのに構わず、男はボタンを外し、上半身を剝《む》いてくる。

ブラジャーに手を掛け、容赦ない力で引き千切ると、露《あら》わになった肌を両手で撫で、ニヤリと笑った。おぞましさと恐怖に「ひっ」と、喉が鳴る。

「や、やめろっ！」

伸びてきた手を拒もうと、頭の痛みを堪えて激しく首を振る。途端にバンッ、と加減のない力で頬を張られ、はじけ飛んだ顔を無理やり掴まれた。

口の中に鉄の味が広がった。笑いながら男は直樹の顎を掴み、また何かを言った。

「よかったね、直樹君。君、死ななくて済みそうだ」

顎を持たれたまま、右へ左へと揺さぶられ、検分するような冷たい目に晒《さら》されながら、和也の声を聞く。

「これなら高く売れそうだってさ。向こうには少年好きのセレブがたくさんいるからね。君ならまだ十代で通るって。お金を掛けて磨いてきた甲斐《かい》があったじゃないか」

その言葉に大きく目を見開く。

売られる？

信じがたい言葉に体がガタガタと震えだした。男の手が直樹の体をまた撫でまわし始める。

「いやだっ！　止めろっ！　和也さんっ」

悲鳴に近い声が出た。直樹の必死の懇願に、和也は尚も表情を崩《くず》さない。

「君なら可愛がってもらえるよ。『解体屋』のお眼鏡《めがね》に適《かな》ってよかったじゃないか。あんまり抵抗しないほうがいいよ。バラバラにされて臓器を売られるより余程いいだろう？」

耳に入る言葉全部が信じられない。

バラバラ。

臓器を売られる。

解体屋とは、いったい何を解体するのか。

「止め……て、くれ！　やめろってっ！　助けてっ！」

男が立ち上がり、直樹の後ろに回り、姿が見えなくなった。何をするつもりなのか、見えない恐怖にパニックを起こしそうになる。

恐い、恐い、恐い、恐い。

誰か助けて。

東江。

東江！

喉が絞られたようになり、声が出せない。真っ暗になるのが恐くて、目を瞑ることもできなかった。

見開いたままの目から、涙が溢れ出る。直樹を見下ろしている和也の顔がぼやけて見えた。

「お別れだ」

「か、……ず、……助け……て」

伸びてきた腕が、直樹の濡れた頰を撫でた。

「君のことは、本当に気に入っていたんだよ。実に残念だ。せめて東江が、いなくなった君のために泣いてくれるといいね」

頰にあたっていた温《ぬく》もりが、す、と去り、再び恐怖がせり上がってきた。

目を開けても何も見えなくなり、やがて立っていた黒い影が動き、目の前は、涙で歪んだ灰色に覆われた。

後ろでスチールのドアが閉まる音を聞くと、あとは、ハーハーという、自分の息の音しか聞こえなくなった。

自分の呼吸音に窒息《ちっそく》しそうになりながら、恐怖で萎《な》えそうな足に力を込め、椅子を背中に付けたまま、よろよろと立ち上がった。

目がよく見えない状態で、和也が消えていった方向に突進する。閉じられたスチールドアに椅子の背をぶつけるようにして叩いた。

「助けてっ！　誰か！　誰かっ！」

椅子と一緒に肩が固いドアにぶつかったが、構わなかった。音を聞きつけて誰かが来てくれることを祈るしかない。

「開けて！　誰か助けてぇ！」

不意に体が浮き、あ、と思ったときには吹っ飛んでいた。括り付けられた椅子ごと、部屋の反対側に叩きつけられる。

ゴギ、という音が聞こえ、直樹は床に横倒しになっていた。起き上がろうと足掻《あが》くが、縛られた両手が使えず、ガタガタと音が鳴るだけだ。

震える体をポンポンと叩かれる。吐き気を堪えながら顔を起こすと、さっきの男が目の前にいた。しゃがみこんだ姿勢で直樹を見下ろし、唇に人差し指を立てて、「しー」という仕草をしている。

和也の姿がない今は、この男に縋るしかなかった。

「た、すけ、て。た……す、けてぇ」

わなわなと震える唇で必死に助けを乞う。直樹の懇願に、男は冷たい微笑を浮かべたまま、乱暴に椅子を持ち上げた。

ガタン、と音がして座った状態に戻される。突然、脳天を劈《つんざ》くような痛みに襲われた。

「あうっ……」

初めは痛みが何処からくるのかが分からなかった。一瞬止まってしまった息を吐き、痛みの根源を確かめる。座らされたときに床に着いた足が、火傷《やけど》したように熱いことに気が付いた。直樹のその足を、男が持ち上げる。床に叩きつけられたときに折れたのか、男の手に持たれた直樹の左足首は、妙な方向に曲がっていた。

持っていた足を無造作に落とされ、「ぎゃ」と声が上がる。

側にあった、背もたれのない椅子を引き寄せた男に、もう片方の足をとられ、ロープで固定された。東江に毎日のように手入れをされた足が、粗末なスツールの上に乗っている。マッサージをしてくれるつもりではないことは、すでに分かっていた。

立ち上がった男が手に持っているのは、鉄パイプだった。直樹が逃げ出せないように、もう片方の足も潰す気なのだ。

「やめろ！　やめてくれ。に、逃げないから！　お願いだ！　逃げないからっ！　あ、ああ、あぁ！　あぁぁあっ、あああぁぁ！」

男が鉄パイプを振り上げる。

「やめ……て。お願い……やめ……てぇ」

椅子に縛られ、左足は折れている。身動きの取れない状態で、振り上げられた鉄パイプが、直樹の足に落ちてくるのをただ待つしかない。痛みと恐怖で体が硬直し、目を瞑ることもできなかった。

両足を潰されて、何処かへ売られる。たぶん日本ではない何処かで、自分はもう人間として扱ってはもらえないのだという絶望が、直樹を包んだ。

東江の言うことをきけばよかった。意地なんか張らずに、東江と帰りたいと、和也の誘いを断ってもらえばよかった。

そうすれば、パーティ会場で吹っ飛ぶようなことがあっても、東江と一緒にいられた。

いまここで、ひとりでこんな目に遭わずにすんだ。

痛い。死んだほうがましだと思うぐらいに、痛い。だけど、この先ずっとこんな思いをさせられるのだ。

ああ。

東江の言うことだけをきいていればよかった。

俺が、こんな、足に怪我をしたら、あいつは悲しむだろうか。

もう、ヒールが履けない。

ダンスも踊れない。

朦朧《もうろう》としたまま、目の前の男の腕が振り下ろされるのを、ただ待っていた。


振り上げられた鉄パイプが、なかなか落ちてこない。

目の前の大きな影は、両腕を上げたまま固まっている。

幻を見ているんだろうか。本当は、振り下ろされたあとで、右足も折られているんだろうか。すでに限界を超えた痛みで、麻痺《まひ》してしまったのだろうか。

目を覚ましたときのような耳鳴りが、頭の後ろで響いている。ガンガンと、何かを打つような音がひっきりなしに聞こえる。

やがて、振り上がった腕が、直樹の足に当たることなく下ろされた。立っている影が見ているのは、直樹の後ろのようだった。後ずさりをしながら、直樹の後ろにあるドアを気にしている。

途切れてしまいそうな意識を必死に保ち、耳を澄ます。聞こえる音は、今度は頭の中ではなく、確かに直樹の後ろからしている。

誰かがドアを開けようと、叩いている音だ。

助けが来たのか。

助かるんだろうか。

「助けて！　ここだ。ここにいる。誰か！」

声を振り絞り、吐き気を堪えながら叫ぶ。

ドオン、という凄《すさ》まじい音のあとに、何かがなだれ込んでくる気配がした。

次の瞬間、獣の咆哮《ほうこう》のような声を聞いた。誰かが叫んでいる。断末魔のような叫びを上げ、それが直樹のほうへと真っ直ぐに向かってくる。

鉄パイプを持っていた男が、部屋の隅に逃げ込み、それを幾人もの黒い影が覆い尽くした。

助かったのか。

思ったと同時に力尽き、直樹はがっくりと項垂れた。もう声も出せない。獣の咆哮がまだ続いている。叫ばれ続ける音が、やがて何かの言葉に聞こえてきた。

名前だ。

誰かが自分の名前を叫んでいる。顔を上げようとするが、うまく上がらなかった。叫ぶようだった声は、だんだんと泣き声に変わっていた。直樹の名を呼びながら、ああ、ああ、と子どものように泣き叫ぶ声が聞こえる。

ああ、ああ……こんな、ああ、なおき……なおき……ああ、こんなひどい、はやく、はやく、病院に、ああ……なおき、あぁあ。

悲痛な声が寸断なく続く。

そんな声を出すな。もう大丈夫なんだろう？

出ない声で、直樹も必死に応えようとした。

だから、そんな泣きそうな声を出すな。痛いけど、そのうち治るから。ああ、そんな声で泣くな。平気だから。おまえが来てくれたから、もう、大丈夫なんだから。

やがて、腕が軽くなり、指先から温かくなる感覚が訪れた。拘束が解かれたらしい。痺《しび》れたままの腕に、血が巡ってくる。

「直樹っ、なおき！　直樹！」

また自分を呼ぶ声がして、抱き締められた。自分で体を支えることができず、力を失ったまま、その腕の中に取り込まれている。

「直樹！　大丈夫か」

「……あが……り……え」

「直樹、直樹」

何度も名前を呼ばれ、安心で意識が遠のきそうになる。

「聞い……て」

飛びそうになる意識を手放すまいと、自分を包んでいる腕に縋る。

「大丈夫だからな。すぐに手当するから」

「聞いて……くれ、東江」

「しゃべるな。もう、直樹」

宥めるような声に、必死に訴える。

「……炸弾（ばくだん）、我安放炸弾（ばくだんをしかける）」

意味は分からない。だけど、東江なら分かるはずだ。

「我想在宴会庁安放。那顆炸弾在晴海的仓库里。我用它。你今天之内安放它。准备好、我跟琉谈好了（パーティ会場にだ。晴海の倉庫にある、あれを使う。今日中に仕掛けろ。琉《リュウ》と話はついている。準備は全部できている）」

懸命に、覚えた音を東江に伝える。和也の言っていた音。携帯で話していた声を。

恐怖でパニックを起こしそうになりながら、痛みに全てを忘れてしまいそうになりながら、これだけは忘れまいと、必死に歯を食い縛っていた。

直樹を包む腕に、ぎゅ、と力が入った。

「这次豪徳寺结束了。之后琉家接任了一切（豪徳寺はこれで終わる。あとは琉家が引き継ぐ）」

上手く言えているだろうか。和也の仕掛けたゲームを、終わらせることができるだろうか。

豪徳寺も四代目一姫も、スタッフも、東江も、救うことができるだろうか。

痛みを堪えながら、覚えた言葉を何度も繰り返す。

「分かった。もう、分かったから。もう、いい。しゃべるな」

頭を抱きかかえられ、東江の胸に顔を埋《うず》める。

「テロ、起こすって、言ってた。止めさせて」

「そうか。よくやったな」

「……これで、大丈夫か？」

「大丈夫だ。よくやった。直樹。だからもういい。もう……いいから」

東江の声に、ようやく安心して力を抜く。

そうか。大丈夫なのか。

なら、もういいよな。

もう、目を閉じても、いいよな。

病院のベッドの上。片足を吊り上げられたままの格好《かっこう》で、テレビを観ていた。

画面では、満面の笑みを湛えた一姫が、豪徳寺グループの紹介をしている。怪我をする前に撮影された、直樹の姿だ。

「うぃーす」

のんびりとした声がして、貞夫が病室に入ってきた。配達の途中にでも抜けてきたのだろう。手には花咲商店街の和菓子店の袋をぶら下げている。貞夫の後ろには妹の奈々の姿もあった。

「よう。調子はどうだ？」

「変わりねえよ。そんな毎日聞かれても。つうか、人の見舞いにかこつけてデートなんかしてんじゃねえぞ。むかつくな」

「まあまあまあまあ。お？　一姫じゃん」

テレビに映っている一姫に気が付いて、貞夫が笑って話題を変えた。

「相変わらず可愛いなあ。こんときの一姫が俺的には好みだな。ちょっと大人になった感じ？」

事件に巻き込まれ、引退した直樹に代わり、今は四代目が後を継いでいる。今度のコンセプトは何なのか、説明をされても直樹には理解できないことではあるが、また雰囲気の変わった一姫を、世間は普通のこととして受け入れているらしかった。

「しっかしこれ見てるとよ、おまえのやった一姫ってさ、マジですんげえクオリティ高けぇ！

って思うよな。おまえがそこに映ってるって言われても、俺信じるもん、うん」

テレビを観て頷いている貞夫の後ろで奈々がこちらに向かって小さく舌を出す。

「そのあと『俺が育てた賜だ』って自画自賛すんだろ？　分かってんだよ。おまえの好みとか知らねえし。おい、奈々、お茶淹《い》れてくれよ」

渡された饅頭《まんじゅう》を頬張りながら、相変わらずの悪態を吐く。貞夫もいつものようにそれを受け流し、奈々はそんな二人に慣れていて、黙って笑ったままお茶を淹れている。

豪徳寺の経営する病院の特別室。ここはホテルですかと思うような豪華な部屋で、直樹は治療を受けていた。

左足首複雑骨折。運ばれてすぐに手術を受け、今はその療養とリハビリの生活を送っている。折れてしまった骨を固定し、新しい骨が再生され、くっつくまでのあいだを補強するためのプレートとボルトの入った足は、象のように腫《は》れていた。

「毎日退屈で仕方がねえよ。酒も飲めねえし。おまえ、今度持ってこい」

「駄目だよ、お兄ちゃん。また熱出したらどうするの？」

妹に叱られ、ふん、と横を向く。

「いいんだよ。怪我したのは足なんだから、内臓は何ともねえんだ」

「駄目だって。心配させるようなことすんなよ、直樹」

すかさず貞夫が奈々の味方をし、ちぇ、と、舌打ちをしてベッドに横になった。

豪徳寺のために多大なる働きをした直樹に、病院側は至れり尽くせりの待遇を図ってくれる。貞夫も他の連中も、こうしてしょっちゅう遊びに来てくれる。

奈々は目指していた大学に無事合格し、音楽家になるための勉強と、店の手伝いとを両立させ、忙しい日々を送っている。兄ちゃんのお金は兄ちゃんが命がけで稼いだのだからと、自力で留学をすると頑張っているが、まだ先の話だ。そのときに少しでも援助がしてやれるなら、それでいいと思っている。

だけど自由の利かない体が煩わしくて仕方がない。

「あんまり無茶すっと、退院延びるぞ」

吊り上げられた足に目をやって、貞夫がいつになく厳しい顔で直樹を諭す。

「わかってる」

早く歩けるようになりたくて、勝手にリハビリをやった結果、炎症を起こし、浮腫《むく》んだ足をこうして吊り上げられているのだ。

「やることねえからさ。マジ退屈なんだよ」

ベッドに寝ているだけの生活は、本当にくさる。療法士の厳しい監視下でのリハビリも、指先を動かすことぐらいで、まだまだ全然疲れるようなことがない。

だから、眠れないのだ。

和也はあれからほどなくして捕まった。直樹の耳から引きちぎったピアスが、和也の逃亡先の手掛かりとなったのだ。

誘拐された直樹が救い出されたのも、小さな薔薇のピアスに仕込まれたGPS機能が役割を果たしたものだった。もっともこの場合、誘拐防止というよりは、二代目一姫逃亡の経験からくる措置だったらしいのだが。

それでもそのおかげで直樹は外国に売り飛ばされることもなく、こうして不自由ながらも至れり尽くせりの入院生活を送れているのだった。

R国との親善パーティは、結局無期延期という形になった。

和也と共謀した琉家とは、最近台頭してきたアジア系の企業で、裏ではマフィアとの繋がりがあると噂《うわさ》されていた。今回のことでそれが明るみとなり、彼らの計画はまさに国際レベルでのテロ行為と認定され、いまや世界中で注目されている。

直樹の証言と、捕まった和也によって、警察に押し入られた琉家は、知らぬ存ぜぬを押し通しているという。和也との関係も全面否定し、それでも日本からの撤退を余儀なくされているらしい。

自分の次の居場所として選んだ琉家にも、トカゲの尻尾《しっぽ》切りよろしく捨てられた和也は今、留置所の中で延々と恨み言を並べるだけの生活を送っている。

和也もまた、直樹とは違った種類の馬鹿だったのだろうと、今になって思う直樹だった。

R国大使の来日が延期されたことも、巨大マフィア組織撲滅の動きが活発化したことも、テレビで報道されてはいたが、そこに三代目一姫誘拐事件が絡んでいることは、関係者以外、誰も知らない。

一姫は相変わらずメディアに顔を出しているし、豪徳寺グループも変わらず繁栄している。

庶民に戻った直樹は、遠洋漁船での航海中に滑って転倒し、ここで療養をしていることになっている。怪我が治ればもとの花咲商店街で「魚タツ」の二代目としての生活が待っているのだ。ただの直樹を狙う者も、売り飛ばそうとする者も、もういない。

だけど眠れないのだ。

東江は一度も病室を訪れない。

病院に運ばれ、緊急手術を受けているときに、知らせを受けて駆けつけた直樹の親父《おやじ》が、東江を追い返したのだと、妹の奈々が教えてくれた。

任期途中での降板だったが、直樹には当初の契約通りの金額が支払われることとなり、さらに一千万円を上乗せするということだった。

見舞金という名目の口止め料。

金なんかいらないと息巻く親父に、それでは直樹の今までの頑張りが無になってしまうと、どうか受け取ってほしいと、東江も引かなかったそうだ。

しぶしぶ承諾をした親父は、その代わりに今後豪徳寺家との一切の関わりを拒否した。大事な跡取りをこんな危ない目に遭わせやがって、二度と顔を見せるなと怒鳴る親父に、東江は黙って頭を下げ、去っていったのだという。

直樹を見いだし自ら教育係を買って出た東江は、直樹の居なくなった今、本来の仕事に戻ったらしい。一姫の側で、一姫に仕える日々を送っているのだろう。

「あーあ、早く退院してえな。ここじゃ監視が厳しくて、酒も飲めねえよ」

二つ目の饅頭を頬張りながら愚痴をこぼす直樹に「まあまあ、娑婆《しゃば》に戻ってきたら、しこたま用意してやるから」と、明るい口調で貞夫が慰めてきた。

「薬もらわないと、眠れねえんだって？」

余計な事を言うなと妹を睨むが、貞夫に告げ口をした張本人は澄ました顔をして自分の淹れた茶を啜っていた。

「しっかし不眠症とか、おまえもデリケートなもん持ってたんだな」

「うるせえよ」

「まあ、ずっと海の上だもんなあ。野郎ばっかりに囲まれて、そりゃストレスにもなるわ」

遠洋漁業で怪我をしたという話を素直に信じている貞夫が、直樹の過酷な生活を労った。何でも話せる恋人同士の間柄でも、一姫プロジェクトについては、妹も約束は守っているらしかった。一姫の熱狂的なファンである貞夫が真相を知ったら、事が大きくなりかねない。単純な幼なじみは、直樹たちの話を信じて、同情してくれている。

「やることねえから疲れないんだよ。リハビリでもなんでもして、体動かせば寝られるようになる」

虚勢を張って言ってみるが、貞夫はまあまあと笑って直樹の肩に手を置いて宥《なだ》めた。

「無理すんなって医者にも言われてるんだろ。ゆっくり行こうよ」

ポンポンと、軽く肩を叩かれ、「そうだけどよ」と反論する声が小さくなった。

「けどよ、夜にしか来れねえって人、おまえが寝ちまってつまんねえだろうになあ」

「え？」

言っている意味が分からず、聞き返す直樹に貞夫が笑った。何のことだと妹に目を移すが、相変わらず澄ました顔をして、何も言わない。自分は関係ない、貞夫が勝手にしゃべっているのだと、静かに湯飲みに口を付けている。空気を読まない貞夫は饅頭を頬張りながら、にやにやしている。

「夜中にこそこそ見舞いに来るやつがいるみたいだからよ」

消灯時間が過ぎ、病室が静かな明るさに包まれる。

電気を消しても、真っ暗になることはなく、いつ呼んでも処置ができるようにと、万全の態勢で待機していてくれる。

初めのうちは、痛くて寝られないからとナースコールを押し、点滴に鎮静剤を入れてもらった。

三日もたつと、「まだ眠れませんか？」と、遠慮がちに看護師に聞かれた。その日、いつもの医師とは違う、別の医師が診察に来て、いろいろと質問をされた。

眠れないこと。目を瞑ると、ある映像が浮かんできて、心臓がバクバクすること。ときどき急に体が硬直を起こして、パニックを起こしそうになること。

精神科の医師は「ＰＴＳＤ」だと診断を下した。恐怖の記憶が瞬間冷凍された状態なのだそうだ。冷凍保存だから鮮度がいい。だから何度でも同じ恐怖を同じ鮮度で体感してしまうのだという。

ガンガンと響く、スチールドアの音。灰色のコンクリートの壁の前で、鉄パイプを振り下ろす影。窓も灯《あか》りもないのに、眩しくて目を開けていられなかった。椅子ごと床に叩きつけられ、折れた足。脳天まで響いた痛み、恐怖。

全てがいっぺんに襲ってくる。喉が詰まったようになり、自分の呼吸音しか聞こえなくなる。あのときと同じ恐怖を、あのときと同じ鮮度で、何度でも味わってしまう。直樹が患ってしまった病だった。

治療法は特になく、時間をかけて付き合っていくしかないと言われた。絶対に我慢をするなとも。睡眠導入剤を処方してもらい、それがないと、目を瞑ることができない。

だけど今日は、就寝前に渡された薬を直樹は呑まなかった。

貞夫が言った言葉の意味を考えていた。

夜にしか来られない人。こそこそ見舞いにくるやつ。なんだそれはと聞き返した直樹に、貞夫は「いけね。口止めされていたんだっけ？」と、大して悪びれもせずそう言ったのだ。

予感があった。あれがこそこそとしている様など想像が付かないが、そうとしか考えられない。それを確かめようと、直樹は薬を呑まずに待っているのだ。

静かな病室のベッドの上で、じっと耳を澄ます。

階下でゴロゴロと何かが転がる音がする。誰かが歩行器を使ってトイレに行くのだろう。看護師の夜間の詰め所で、誰かが話している声が微《かす》かに聞こえた。

聴覚が異常に研ぎ澄まされている。眠気はこない。本来なら今頃強制的な眠りの中のはずだ。時間が経つのがやけにゆっくりと感じ、少し退屈だった。

何かを考えようかと思った。何を考えよう。

頭に浮かぶのは、東江の顔だった。

事件に遭う前々日の、二人で踊った光景を思い出すと、ふ、と体の力が抜けるのを感じた。それから、救い出されたときの、あの腕の中の感触。もう大丈夫だと言われ、安心して眠りに落ちた。あんなふうに抱いてもらえれば、寝られるんだけどなあ、と考え、思わず笑みを浮かべる。

廊下で足音がした。看護師たちの立てる柔らかい音と違う、硬質な靴の音。

やがて病室のドアが、音もなく開いた。現れた人影が、廊下の灯りで、真っ黒に見えた。

影が静かに近づいてくる。じっとベッドに横たわっている直樹のすぐそばまで来た影が、そっと頬を撫でた。

その腕を摑み、影を見上げる。

「来てくれたんだ。……東江」

腕を摑まれた東江は、直樹の頰に手を置いたまま、顔を覗いてきた。

「起きていたのか」

懐かしい声を聞く。低く、囁くような声を聞いて、直樹の顔から笑みが零れた。

「東江だ」

頰に当たる手は、直樹を撫で続けている。

「なんだよ。こんな夜中にこそこそやってきて」

妹も早く言ってくれりゃよかったのに。そうすれば、もっと早くに顔を見ることができたのに。

「悪かったな。奈々に聞いた。親父が追い返しちまったんだって？」

「いや、当然だ。私のせいで、おまえを酷い目に遭わせた」

「そんなことねえって。助けてくれたのも東江だし」

「……足、どうした？　悪くなったのか」

直樹の吊り上げられた足を見て、東江が聞いてくる。

「ああ。うん。ちょっと。動かさないと関節が固まるって聞いて、動かし過ぎた。心臓より高いところに置いとけってさ」

明るい声を出してみせる。

「無理をするな」

「してねえよ」

「おまえは放っておくとすぐ無理をする」

やさしい声で諭される。懐かしくて、また笑みが零れた。

「分かった。無理はしない」

「それにどうした？　いつもは寝ている時間だぞ。薬は呑まなかったのか？」

「ああ。うん」

「今から呑むか？」

「そうだな。……でも、なんか今日は、このまま眠れそうだ」

頬を撫でる掌が気持ちよくて、体がいつになく解れている。いつもマッサージしてくれていた掌の感触が心地好《よ》く、瞼が重くなってきた。

東江の腕の中でもう大丈夫だという安心感の中、意識を手放したことが蘇《よみがえ》る。

「寝られそうか？」

「うん。気持ちがいい」

「そうか」

やさしく深い声に、安心する。

だけど、目を閉じるのが勿体《もったい》なかった。もっと東江の声が聞きたい。顔を見ていたかった。

「おまえが寝るまで、いるから」

「本当か?」

「ああ。だから安心して眠りなさい」

「うん」

言われるまま、素直に目を閉じる。

閉じる瞬間、東江の顔が瞼に残った。このままでいてくれたら、あれを見ずに眠りに落ちることができそうだった。

「……いつも」

いつもこうしてくれたら、安心して目を閉じることができるのに。

だけどそれは、贅沢《ぜいたく》な注文だ。

東江は一姫のものだった。そして今の直樹はもう、一姫じゃない。

タブレットも呑んでいない。体からは、あの薔薇の体臭はしないのだ。化粧をすることもないだろう。

それに。

もう、ヒールを履けない。

細いヒールを履いたまま、軽やかに踊ることは、できないのだ。


次の夜も、その次の夜も、東江はやってきた。

何をするでもなく、ただ黙って直樹の側に座り、直樹が眠りに就くのを見守ってくれる。

前の日と同じように、直樹の頰を撫で、手を握り、擦りながら、いつまでも側にいてくれる。

薬を呑まずに寝られることは有難かったが、ずっというわけにはいかないことも分かっていた。これでは東江が疲れてしまう。昼は一姫の側で仕事をし、夜遅くに病院へやってくるのだ。東江の時間がなくなってしまう。

「そんなに毎日来なくてもいいよ」

「来てほしくないか？」

「そりゃ……」

来てくれるのは嬉しい。

「けどさ。おまえ、大変だろ？」

「そんなことはない」

「大変だって。昼間仕事して、夜ここに来て、寝る暇ないだろ?」

「ちゃんとおまえが寝てから帰って寝ている。おまえはそんなことを気にしないでいい」

「気にするよ」

「気にするなと言っている」

「けど」

「迷惑ならそう言いなさい」

「そんなこと、……ねえけど」

「なら黙って寝ていろ。グダグダ言うな」

人の見舞いに来ておいて、この言い種《ぐさ》だ。

「……一姫、いいのか?」

「どういう意味だ?」

「だから、毎晩毎晩ここに来て、一姫寂《さび》しいんじゃねえ?」

「……なんだ。焼きもちをやいているのか?」

「なんでそうなるんだよ」

慌てて言い返す口調が強くなる。

「そうなのかと思っただけだ」

図星だが。

それを認めるわけにはいかない。そうだと答えたところで、どうなるものでもないことぐらい、直樹にだって分かっている。

「そんなわけねえだろ」

「そうか。それは残念だ」

「は？」

思わず直樹が見返すと、東江は笑っていた。

冗談だったのか。

さらりとかわされる冗談に、むかっ腹が立ってくる。

「もう、明日からマジ来なくていいから」

会えるのは嬉しかった。毎日だって顔が見たい。だけど、これ以上こんなふうにされると、あとがつらくなる。

変な期待をしてしまう。

馬鹿だから。

何度でも同じ期待を持ってしまう。期待をして、がっかりするのはもう、嫌だった。

「今度来るときは、昼間にしろよ。親父にもちゃんと言っとくからさ」

親父だって本当はバツの悪い思いを引きずっているのだ。東江が悪いんじゃないって分かっていて、理不尽な怒りをぶつけて追い返したことを、気に病んでいる。

「ちょっと短気だけどよ、悪気があって追い返したわけじゃないんだ。だから今度、仕事が休みのときの昼間、来てくれよ。な」

「昼間は来ない」

「なんでよ」

「いつ来ても、あれがいる」

「あれ？」

「おまえの親友」

「あ？　貞夫？」

「そうだ」

今東江は、直樹の手を取り、自分の両方の手で直樹の指を揉みほぐしている。にぎにぎと親指の付け根を揉み込んでいる最中だった。

「貞夫がいると駄目なのか？」

「駄目ではない。おまえの親友だ。おまえの見舞いにおまえの親友が来るのを、私が駄目だと言うわけがないだろう。何を言っているんだ、おまえは」

それはこっちのセリフだと、直樹は思う。東江はいったい何を言っているんだ？

これではまるで……。

「なんかさあ。焼きもちやいてるみたいに聞こえんだけど」

「…………」

さっきの意趣返しとばかりに言ってみた言葉に、東江は答えない。無言のまま、にぎにぎにぎにぎと、直樹の掌を揉むだけだった。

「……マジで？」

東江は答えない。

「おい、冗談言うなよ」

「私は今まで冗談を言ったことは一度もないぞ」

「そうだけど……いや、ある」

ついさっき、「焼きもちじゃなくて残念だ」と言った。それが冗談でないとすると……。

「……えっ？」

愕然《がくぜん》とするが、頭がついてこない。

落ち着け、落ち着け。

考えろ。

また何か騙されているぞ、俺。こいつの言葉を信じると、とんでもないことになるぞ。

今度は一億払えとか言われたりして。

そうでなくてもカラカラと音がするほどの軽い頭を振って、混乱を治めようとした。

カラン、と音がして、ひとつ思い出した。我ながらいい記憶力だと思った。

「あ。ある。あんとき冗談言った。確かに言った！」

「いつのことだ？」

「いつか踊ったとき、英語で『人の足踏むな』って言った。あれは冗談だった。そうだよ、なっ」

東江は直樹の手を揉んだまま、ふ、と笑った。

「あれは、そうだな」

「な？　冗談だろ？　俺、あんとき足踏んでねえもん」

「冗談ではないが、嘘を吐いた」

「嘘？　足踏むなっつうのが嘘なのか？　なんでそんな嘘吐くんだよ」

「本当のことが言えないからだろう」

「何だそれ。言えないようなことなのか」

「そうだな」

「言えよ」

「言わない」

「言えっつってんだよ」

「言っておくが、あれは英語じゃない」

「え、そうなの？」

「フランス語だ。聞いていて分からなかったのか？」

「分かるわけねえだろ、そんなん」

「まったく」

呆れたなと言うように、溜息を吐いている。直樹の手を握りながら。

「あのときの、私の言った言葉を覚えているか？」

今度は東江が聞いてくる。

「Je suis tombé amoureux de toi. だろ？」

あのときの東江の言葉を正確に再現してみせる直樹を、東江が眩しいものでも見るように眼を細めて眺め、笑った。

「本当に耳がいいな」

嬉しそうに東江が言い、直樹の手を撫でている。あのときもそうだった。東江の言葉を繰り返す直樹に、こんなふうに、とても嬉しそうにしていたのだ。

「どういう意味なんだ？　本当はなんて言ったんだよ？」

直樹の手を握ったまま、東江が見つめ返してきた。

「……なんて言った？　日本語で言ってくれよ」

その口が開くのを、じっと待つ。

期待をしていいんだろうか。また、がっかりさせられるんだろうか。だけど、聞いてみたい。東江があのとき、なんて言ったのか。なんて言って、抱き締めてきたのか。

「おまえに……恋をしたと、言ったんだ」

ゆっくりと紡がれる音を、聞いていた。

「恋をしてしまったらしいと、言った」

東江は直樹を見つめている。真摯《しんし》な瞳は、その言葉が嘘でも冗談でもないと、告げていた。

「……ほんと、か？」

「本当だ」

「マジで？」

直樹の問いに、東江がふ、と笑う。

「マジだな」

嬉しさと、戸惑いとが、同時に訪れる。

「けど、一姫は？」

そうだ。

東江は一姫が一番大事だったはずだ。誰よりも一姫を愛し、大切に庇ってきた。

「おまえ、一姫大事だっつってたじゃねえか。姫ちゃま姫ちゃま言ってたじゃねえか。ブンフソーオって言ってたじゃねえか」

「一姫は、今でも大事な方だ。小さな頃からずっと見守ってきた。……だが、おまえを見ているうちに、なんというか、それとは別の感情が……生まれた」

「別の、感情？」

直樹の声に、東江が頷く。

「絶対の信頼を置いて、懸命に私に付いてくるおまえが、とても可愛かった。一姫のためにおまえを連れてきて、一姫として教育しているはずなのに、いつの間にか、一姫ではないおまえを、とても愛《いと》しいと思うようになってしまった」

困ったような顔をした東江が、直樹を見つめてくる。

「これは、どういうものなのかと、自分でも不思議に思った。一姫のことは確かに愛しい。大切で、守ってやりたい。彼女の幸せを願っているが、そこには自分の存在がなかった」

自分の気持ちを説明している東江の声は、直樹に聞かせるというよりも、自分の奥底を確かめようとしているように静かで、深い。

一姫を大切に思い、彼女の幸せを願う。だが、その感情は自分が幸せにしてやりたいという、そういったものとは違っているのだと、そう言って笑う。

「恋がしてみたい、結婚とはどんなものだろうと、夢を見る一姫に、願いを叶《かな》えてやりたいと思っても、その相手は決して自分ではないんだよ。おまえは私に一姫と踊ったことはあるかと聞いただろう。聞かれるまで考えたこともなかった。ダンスの相手は私ではないと、初めから思っていた。その相手が見つかるといいと、そんな感情だ」

分かるか？　と聞かれて、分かるような分からないような、曖昧な表情で考え込む直樹を、東江がやさしい顔で見つめている。

「一姫に対する感情と、おまえに持つものとは、似ているようでまるで違う。一姫にはいいパートナーを見つけてやりたい。だが、私が手を取りたいと思ったのは、直樹、おまえなんだよ」

少し恥ずかしそうに、だけどやさしい声で、東江が言った。一姫を見守りたい。だけど手を取りたいのは直樹なのだという言葉に、茫然《ぼうぜん》とその顔を見つめ返した。

「……でも、夜、逢《あ》いに行ってたって。和也さんが」

嬉しいと思う半面、どうしても信じられなくて、そんなことを聞いてしまう。

「昔の話だ。一姫が日本に来たての頃、情緒不安定に陥り、話し相手をしていた。子ども相手だぞ。それ以来、夜に行ったことなんかない」

納得したかと目を覗かれ、それでも混乱は収まらない。

「なんだよそれ。俺聞いてねえよ。おまえ違うって言わなかったじゃないか。あんなふうに言われたら、毎日俺が寝たあと一姫んとこに行ってたと思うじゃねえか」

「そんなことを、私がするはずがないだろう」

「知らねえよ」

「おまえこそ、和也さんに連れられて、楽しそうに出かけていた」

「……それは」

楽しかったわけではない。直樹が出かければ東江も一姫のところへ行けるのだと言われたから……。

「キスをしたそうだな」

「うえっ？」

突然の詰問に変な声が出た。

確かに一度した。だけど、成り行きで奪われただけだ。初めて和也に連れ出され、降りるかゲームを続けるかと聞かれ、東江に対する気持ちを知っているぞと暗に脅され、身動きが取れなかっただけだ。

だいたい、何故それを知っている？

目の前の男の眉間には今、ふかーい溝ができている。体温計が挟めそうだ。

「あんの野郎。和也だな。チクったのは」

どう考えても、犯人は和也だとしか思えない。直樹に東江と一姫のことを告げたのと同じ調子で、東江にも言ったのだろう。

二人して、和也にいいように翻弄されただけなのか。

あいつはそういうことで人の気持ちを玩ぶのが好きだった。そうやって自分の言動で傷付いたり落ち込んだりするのを見て愉しむようなやつだった。

そしてそれを聞かされた直樹と同じ感情を、東江も持っていたと、眉間の皺が語っている。

「こんな気持ちを持ったのも初めてだった。和也さんと出かけていくおまえを見送って、どす黒い感情に悩まされた。キスをしたと聞かされた日には、どうしてやろうかと思った。そうだな。おまえの言う通り、嫉妬《しっと》した」

眉間に皺を寄せたままの眉が下がり、東江が怒っているのに情けないという、不思議な表情を浮かべている。

「あれは、違う。違うんだ、あのとき……」

「分かっている」

慌ててキスをされたときの状況を説明しようとする直樹を、東江がやさしく遮った。

「あの人にまんまと踊らされていたのも分かっている。あれはああいう人だ。分かっていて、それでも気持ちが乱された。本当に、あの日行かせたことを、どれだけ後悔したか」

ずっと握られたままの手を、引き寄せられた。

「様子がおかしいと思ったのに、そのまま行かせてしまった。断固行かせるべきではなかったのに、警戒心が足りなかった。和也さんに送ってもらうとおまえが言ったとき、そうか、なら勝手にしろと、おまえを預けてしまった。私が悪い」

「……東江」

引き寄せた直樹の手を両手で包み、東江の額に持っていかれた。まるで懺悔《ざんげ》するように項

垂れている。

「おまえがさらわれて。必死になって行方《ゆくえ》を追って、見つけたとき……」

握られた手に力がこもる。

「心臓が……止まるかと、思った」

椅子に縛りつけられたまま、服を剝かれ、投げ出された足は、不自然な方向に曲がっていた。

その光景を目にしたときの東江の咆哮を、直樹は確かに聞いた。喉が焼き切れるほどの叫びを上げて、直樹の名を呼び続けていた。

「二度と、痛い思いをさせないと誓ったのに。こんな……酷いことになって。どれほど謝っても足りない」

「東江」

「すまなかった。痛かっただろう」

「もう、痛くねえから」

大きな体を丸め、直樹の手に縋るようにしている東江の、まるで今にも泣き出しそうな声に、あやすように応えてやる。

「助けに来てくれたし。片足で済んだし、な。骨くっつきゃ治るから」

直樹の慰めにも、東江は体を固くしたまま、直樹の手を握り続けている。

初めてのパーティのあと、マメが潰れた足を手当しながら、やはりこんな顔をしていた。痛い思いをさせて悪かったと、直樹を傷付けて悪かったと、謝ってくれた。

いつだっておまえから目を離さないからと言い、本当にずっと見守ってくれていた。それなのにほんの一瞬目を離し、その一瞬で死ぬほどの恐怖を味わい、大怪我を負った直樹に、こうして謝り続ける。

今も深い後悔に苛《さいな》まれ、直樹が少しでも安心して眠れるようにと、側に居続けようとしてくれている。

直樹の手を握ったまま、苦悶《くもん》の表情をする東江に、もう片方の手を、そっと近づける。ずっとしてみたかったことがあった。それを今、実行に移そうと試みた。

「……何をしている？」

「あ？　ここ、どんぐらいの深さがあるのかなって、ずっと気になってて」

直樹の人差し指は今、東江の眉間の真ん中に差し込まれていた。

「なんかさあ、いろんなもんが挟まりそうだなって思ってて。でも意外とそんなでもねえな。全然指入らねえ。第一関節ぐらいまで行けると思ったんだけど」

「……おまえというやつは」

唸《うな》るような声が聞こえ、まずい、怒らせたかと、慌てて手を離した。体をずらした拍子に、握られていた片方の手も離れてしまった。

「気が済んだか？」

低い声のままそう聞かれ、戸惑い気味に頷く。

自分から離れてしまったことを後悔した。東江の手は所在なさげに膝の上に置かれている。

「……なあ」

「なんだ？」

「あの日、おまえ、どうするつもりだったんだ？」

もうひとつ、確かめたいことがあった。

「俺の一姫デビューの次の日、スタッフ休ませたじゃねえか」

「ああ。そうだったな」

「あのあと、何しようと思ったんだ？」

和也が突然訪ねてくる前、東江は何かを言おうとしていた。その続きが聞きたい。

東江はゆっくりと瞬《まばた》きをし、小さく微笑んだ。

「他愛のないことだ」

「教えろよ」

「頑張ったおまえに、何か褒美をやろうと思った」

「褒美？」

足に怪我を負っていて、弱音も吐かず、言い訳もせず、黙って耐えていた直樹に、気が付いてやれなかった詫びと一緒に、何か喜ばせてあげられないものかと考えたと、東江は言った。

「一日ぐらい、一姫の扮装を脱いで、及川直樹のまま、何処か行きたい所へでも連れていくつもりだった」

買い物でもいい。映画でもいい。動物園でも水族館でもいい。その辺をただ散歩するでもいい。

「野球の試合が観たいんじゃないかとも思って、もしそうならチケットを用意しようかと」

その言葉に大きく目を見開く。東江は少し困ったようにして、静かに笑っている。

「車の中で言っていただろう」

聞いていたのだ。あの日の直樹の呟きを聞き、それを叶えようとしてくれたのだ。

行きたい場所にどこへでも連れていき、食べたいと思うものを、行儀を気にせずに、笑いながら食べる。そういった休暇を過ごさせてやりたいと思ったと、東江は言った。

「和也さんに先を越されてしまったがな」

「……なんだよ。言えよ」

そんな嬉しい褒美を用意してくれたのなら、喜んで付いていったのに。何処に行ってもきっと、凄く楽しかっただろうに。

「俺、寿司食いたかった」

「そうか」

「蕎麦《そば》も食いてえ」

「そうだな」

「野球、もう終わっちまったな」

「ああ。残念だった」

「東江、遊園地とか行ったことあるか？　ランドとか」

「日本のはないな」

「あ、むかつく。なんだよ自慢かよ」

「そんなことは自慢にならないだろう」

東江が可笑しそうに笑う。

「じゃあ、もんじゃって食ったことあるか？」

「ないな」

「今度俺が作ってやる。退院したら」

「それは楽しみだ」

本当に楽しみだという顔で、東江がふわりと笑った。手は膝の上に置かれたままだ。

「野球はまた行けるし」

その腕を、もう一度取り戻すためにはどうすればいいんだろう。

「そうだな」

どうすれば、その腕の中に入れてもらえるのだろう。

「あの、さ。東江」

「なんだ？」

「Je suis tombé amoureux de toi.」

今さっき、東江に本当の意味を教えてもらった言葉を、東江に返す。同じ気持ちだと。ずっとおまえが好きだったのだと、教えられた言葉で東江に伝えた。

それを聞いた東江は、ゆっくりと笑い、今度は別の言葉を言った。それもそっくり真似て繰り返してみせる。

「Jag blev kär.　これは何語？」

「スウェーデン語」

「おんなじ意味か？」

「そうだ」

「英語は？」

直樹の問いに東江は笑い、ゆったりとした口調で答えてくれた。その音の響きは、教えてもらわなくても知っているものだった。知っている言葉だから、嬉しかった。

東江の綴る愛の言葉を、そのまま返し、何度も何度も繰り返して言う。

そのうち足りなくなってきた。

自分の声で、自分自身の言葉で伝えないと、どうしても足りなくなってきた。

「東江」

東江がまた何かを言った。短い言葉で綴られるそれを、今度は自分の言葉で返す。

「……好きだ」

膝に置かれた腕を取り、自分のほうへと引き寄せた。

「東江が好きだ。すごく……好きだ」

もう一度引き寄せると、東江の体ごと付いてきた。頬を撫でられ、顎を持たれた。顔が近づく。顎を摑んだ指が、直樹の唇を撫でた。

「……あ」

親指がゆっくりと直樹の唇を撫でている。おでこが合わさった。自然に首を倒し、近づいてきた唇を受け入れる。軽く触れ、一旦離れたそれを見つめると、もう一度近づいてきて、今度は自分から迎え入れる。

軽く開けられた隙間《すきま》から、東江の舌先が入ってきた。柔らかい内側を撫でられ、もっと引き入れようと大きく開けて、中へと招く。腕を摑んでいた手を東江の頭へと回し、強く抱き込む。東江も包むようにして抱き返してきた。

「……ん、ん……んぅ」

両手でかき回しながら、離れて行かないように力を込め、何度も欲しがった。欲しがる分だけ東江も応えてくれた。お互いの唾液《だえき》が合わさり、音を立てる。溢《あふ》れて顎を伝うそれを、すくい取るように唇が滑り、また合わさる。

二人の立てる水音と、激しい呼吸音が病室に静かに響く。東江の息も上がっている。どちらも止めようとはしなかった。

ギプスをはめ、足を固定されたまま体を起こし続ける態勢が苦しくなり、ぶら下がるようにして東江の首に摑まっていた体が沈んだ。

は、ぁ、と溜息を吐き、仰向《あおむ》けにベッドに横たわる。追ってきた東江が、上に被《かぶ》さっている。ベッドに両腕をつき、体重をかけないようにしながら、尚も直樹を貪っている。

長い時間合わさって、やがて、枕に沈んだ直樹の顔を撫でながら、東江が体を起こした。

ベッドに腰掛け、直樹の頬を撫でている。その表情をずっと見つめていた。

まだ足りない。まだ欲しいと、頬に当たっている腕を取り引き寄せると、東江は笑い、今度はチュ、と、軽いキスをくれた。

「これ以上は困るだろう。お互いに」

宥めるように諭された。

「寝られなくなってしまう」

すでに眠るどころの騒ぎではなくなっている。特に下半身が。

「どうしてくれるんだよ」

抗議の声を上げると、東江は困ったように「どうしようか」と言ってきた。子どものような表情で、直樹に相談する東江が、なんだかとても、可愛いと思った。

「足、早く治して、……続き、やろうぜ」

「そうだな。楽しみにしていよう」

「おまえ、我慢できるか？」

そう聞くと、東江は真剣な顔で「難しいな」と言った。


結局、我慢を強《し》いられたのは、直樹のほうだった。

入院中、毎晩見舞いに訪れてくれた東江は、キスより先の行為には、決して及ぼうとしなかった。直樹がどんなに先を望んでも、「退院してから」の一点張りだった。強情な性格は、テコでも動かない。

退院しても、ギプスが取れてから、ギプスが取れても、松葉杖《まつばづえ》が取れてから、松葉杖から杖に変わり、両足に体重を掛けられるようになっても、まだ全快ではないからと、はぐらかされた。

約一ヶ月に及ぶ入院生活を終え、週三回のリハビリも週一回となり、怪我をしてから三ヶ月が過ぎようとしていた。

通院の際には、東江が車で迎えに来て、終わるとまた家まで送ってくれる。二人で食事をしたり、デートらしいこともするにはするが、ホテル行こうぜ、おまえんち行こうぜと、暴れる直樹をねじ伏せて、花咲町商店街まで送り届けられる結果となっていた。

今日も週一回の診察を終え、すっかり顔馴染みになった療法士と今後のリハビリの相談をしたあと病院を出ると、東江が待ってくれていた。車を回され、いつものように助手席に乗り込む。

「経過はどうだった？」

「ああ。良好だって。再手術、案外早くできるかもって言われた」

骨を固定するためのプレートとボルトはまだ足に入ったままだった。経過を見て、それを取り去る手術が必要だった。普通一年は掛かるだろうと言われていたが、若さ故の回復の早さで、時期が早まりそうだと今日言われた。

直樹の努力ももちろんあった。

痛さを伴うリハビリは、地獄のようだった。それを堪え、歯を食い縛って頑張ったのは、東江の罪悪感を少しでも早く取り去ってやりたかったからだ。

痛みが全部なくなったわけではない。まだ正座も、走ることも禁じられている。それに、決して消えることのない傷が、くるぶしからふくらはぎに掛けて残っている。

東江がこれを見る度に、悲壮な表情を浮かべるのを、直樹は見ていた。

「さて、どうする？　腹は減っていないか？」

車を発進させながら、いつものように東江が聞いてきた。

「おまえんちいきたい」

いつものように直樹も答える。直樹の答えに、またいつものように苦笑して「それはまた今度だ」と返された。

「今度っていつだよ」

「完全に痛みが取れてからだ」

食ってかかる直樹に対し、余裕の表情をみせる東江が気に食わない。

こいつはなんでいつもこう余裕綽々《よゆうしゃくしゃく》なんだろう。年の功なのか？　頭がいいから理性で抑えられるものなんだろうか？　だったら頭なんかよくなくてもいいと思う直樹だった。

「痛くねえよ、もう」

「駄目だ」

「痛くても構わねえ。俺、おまえとやりたい」

「……おまえというやつは」

ハンドルを握る東江の眉間に皺が寄る。

「少しは言葉の使い方をだな……」

「仕方ねえだろ、やりたいもんはやりたい。おまえは俺とやりたくないのか？」

「だからそういう言い方をだ……」

「おい、俺は一姫じゃねえぞ」

「そんなことは知っている」

「俺はお飾りじゃねえぞ。棚に飾って眺めてるだけじゃ収まらないんだよ。いつまでもやらかしたことを後悔してグジグジグジグジ言ってんじゃねえよ。男だろ」

難しい顔をしたまま前を向いている東江に訴える。

「俺も男だ」

「知っている」

隣の男が苦笑した。

「怪我は治ったんだよ。そりゃ、まだちょっとは痛いけど、でもどんどんよくなってるんだよ。両足やられる前におまえ、ちゃんと来てくれただろ？　大丈夫なんだよ、もう」

東江は黙ったままハンドルを握っている。

「お姫様じゃねえんだよ、俺は。おまえが俺の足の傷見て、あんときのこと後悔してんの知ってるよ。大事にしてくれてんの嬉しいよ。けどよ、だったら俺のこと欲しがれよ、もっと」

東江の運転はいつも通り淀みない。

冷静で、自分を失わない男が直樹の姿を見て取り乱した、あのときの東江を直樹は覚えている。嬉しかった。あんなふうに我を忘れた東江がもう一度見たいのだ。そして、自分を欲しがってもらいたいのだ。

「一姫より俺の手が取りたいって言ったのは東江だろ。だったら取れよ。もう我慢できねえ！連れてけおまえんち。なんならその辺のホテルに入れよ馬鹿野郎」

「随分と威勢のいいことだ」

「当たりめえだ。江戸っ子なめんなよ」

尚もわめく直樹の口を「分かったから少し黙っていろ」と、封じられた。

「運転を間違えそうだ。事故を起こしたくない」

眉間に皺を寄せたまま、東江が呟くと同時に車が速度を増し、前のめりになって東江のほうを向いていた体が、シートベルトに押さえられ、グイ、とシートに押しつけられた。

招かれた部屋は、住人に似て簡素で機能的だった。

通されたリビングの真ん中でキョロキョロと周りを見回している直樹を置いて、東江がキッチンに入っていく。

「へえ。やっぱりきれいにしてんな」

「何か飲むか？」

客を接待しようと、東江が冷蔵庫を開けながら聞いてきた。

「寝室どこ？」

「廊下の左側だが……おい」

説明の途中でリビングを出て行き、寝室に向かう直樹のあとを、東江が追ってきた。廊下を歩きながら着ていたTシャツを脱ぐ。

書斎を兼ねているのか、パソコンデスクが置いてある。壁に並んだ書棚も難しそうな本がぎっしりと並んでいた。奥にあるベッドは、セミダブルサイズ。東江らしく、きれいにベッドメイキングされている。

脱いだシャツを床に投げ、ベッドにダイブする。東江が床に落ちた直樹のシャツを拾い、畳んでパソコンデスクの椅子に置いた。

「早く来いよ」

直樹の脱ぎ捨てたシャツの面倒を東江がみているあいだ、直樹はズボンも脱ぎ、パンツも脱ぎ、それも床に放り投げた。

振り向いた東江が、靴下だけを残し、全裸でベッドにのっている直樹の姿を見て、大きな溜息を吐いた。

「なんだよ東江。早くやろうぜ」

ベッド脇《わき》までやってきた東江が、無言で直樹の放り投げたズボンとパンツを拾っている。

「そんなん、拾うことねえって。皺になりゃしないし。ほっとけよ。それより早く。あ、そうだ。東江、あれあるか？　ゴムとかローションとか。ないと困る……って、どうした？」

ベッドに腰掛けた東江が深く項垂れた。直樹のパンツを持ったまま。

「東江？」

下を向いている顔を、後ろから覗き込むようにして東江を呼んでみる。

「……おまえというやつは」

唸るような声が聞こえた。

「もう……馬鹿過ぎて……」

「なんだよ。ひでえな」

「酷いのはおまえだ！」

顔を上げた東江が直樹を睨んできた。

「おまえには情緒とか、ムードとか、羞恥《しゅうち》とかっ、そういうものがないのか」

「怒ってんのか？」

憤然と立ち上がり、持っていた直樹の服をこれも丁寧に畳み、Tシャツと一緒に置いている。

「怒るというより呆れているんだ。いいか。人というものは何か行動を起こすにあたって、それなりの段階を踏むものだ。会話を交わし、空気を作り、駆け引きとか甘い雰囲気とか、そういうものを経て先に進むんだよ。それが楽しいってこともあるんだ。そういう情緒というものが、人が人であることの醍醐味《だいごみ》だろう。猿じゃないんだから。それがなんだ。おまえのこの有様は」

直樹の脱いだものの後始末を終えて、仁王立ちしたまま。東江が説教をたれてくる。

「こっちにだっていろいろと考えていることや計画なんかがあるだろう」

「計画？」

「怪我が完全に治ったら何処かへ連れて行こうかとか。ホテルを選ぶにしても、いろいろと拘《こだわ》りたいと思うじゃないか。私は……っ、私だってだなっ……」

「なに？　海の見えるホテルで、とか？　東江……乙女？」

直樹の問いに、東江の怒りのボルテージが上がった。

「乙女で悪いかっ！　……違う。もののたとえだ。いいか。部屋に連れてくるにしてもだな、もうちょっと何かこう、雰囲気作りみたいなものがあってもいいだろうが。それをおまえというやつは……」

ベッドの上で全裸の状態のまま、睨みおろされ説教を喰《く》らい、直樹はもそもそとシーツの中に体を潜り込ませた。どうやら東江は直樹と事に至るに当たって、何か夢があったようだ。それを直樹がぶち壊したものだから、落胆しているらしい。

雰囲気作りとか情緒とか期待されても、直樹にはそんな気の利いたスキルはない。羞恥なんてものも持った覚えもなかった。今日も病院の送り迎えをされるだけで終わるのかと、車の中で喚き、ようやく東江がその気になってくれたのかと、喜び勇んで連れてこられたのだ。これでやっと東江と抱き合える。それがただ嬉しくて、ベッドに飛び込んだ。そんな直樹の行動を「馬鹿過ぎて」と呆れられてしまった。じゃあどうしたらいいのかと考えるが、馬鹿なのでいい案も浮かばなかった。

「東江、ごめんな。ええと。どうする？ 部屋戻って、話とかするか？ その、雰囲気っていうのは、どうやって作るんだ？ 教えてくれたらやれると思う」

どうすればいいのかは分からないが、取りあえずは東江の希望通りに従うことにした。

「東江、服取って」

直樹を睨んでいた東江の眉毛が突然下がり、盛大に吹き出した。

「なんだよ」

体を折ってくつくつと笑っている東江に文句をいう。

「おまえは本当に……」

「馬鹿だっていうんだろ。直んねんだよ。しょうがないだろ。だから教えろって……おいっ」

こちらにやってきた東江に、潜っていたシーツをひっぺがされた。

「なにすんだよ」

慌てて背中を向き、体を丸める。全裸に靴下だけを履いている格好は、あまりにも間抜けで、服を着たままの東江に見下ろされるのは、流石に恥ずかしかった。

「服持ってこいよ！」

「おまえが勝手に全部脱いだんだろう」

剝《は》がされたシーツを取り返そうと腕を伸ばすが届かない。体を起こして飛び掛かれば取り返せるが、そうすると体を開かなければならないのだ。

丸まったダンゴムシのようになって東江にシーツを返せと怒鳴る。だが、東江は返してくれず、そんな直樹を上から眺めている。

「見んな。馬鹿。変態！」

「どっちがだ」

固くなって丸まっている背中に東江の指が触れた。つう、と背骨に沿ってそれが滑っていく。

「直樹、こっちを向いてごらん」

「いやだね」

笑いを含んだ声に反抗する。

「なかなかいい格好だな」

「うるせえよ。早く服取ってこいって。あっ」

肩を摑まれ、体を上向きにされた。全裸に靴下の直樹を、再びベッドに腰掛けた東江が見下ろしている。勢い込んで脱いだものの、この構図は流石にばつが悪かったと今更になって後悔した。

肩にあった手が、鎖骨に移り、首元を撫でる。その腕を引き寄せてキスが欲しいと思ったが、また「がっつくな」と叱られやしないかと考え、どうしたらいいかと東江に問うた。

「悪かったよ。今度からもうちょっと考えて行動するから。教えてくれよ。どうすればいい？」

直樹のしおらしい反省に、東江の眼が細められた。眉間の皺は消えていて、口元には笑みが浮かんでいる。

「おまえのそういう素直なところが美点だな」

褒められて笑う直樹を、東江も笑顔で見つめていた。

直樹の首元を撫でている腕を引き寄せる。下りてきた体に腕を回し、自分からも迎えにいった。

「……ん」

唇が合わさる。薄く開いていた狭間《はざま》に、するりと舌が滑り込み、歯列を撫でられた。

「あ……ふ……」

更に引き寄せ、東江の頭を抱え込み、奥まで招いた。顔を傾け、顎を掬《すく》うように動かされる。搦《から》め捕《と》られた舌を吸われ、息が漏れた。

体を離した東江がまた直樹を見つめてくる。もう一度キスが欲しくて手を引くが、今度は下りてはくれず、じっと上から見つめられた。

「なんだよ……東江」

焦《じ》れて文句を言うが、東江は口元を綻ばせたまま、直樹の体を見つめ続ける。

「東江も脱げよ。俺ばっかり馬鹿みたいだろ」

「だから自分で脱いだんだろうが」

「そうだけど」

自業自得は仕方がないが、それにしてもこの状況はかなりよろしくない。

「なあってば」

東江のシャツのボタンに手を掛け、促すが、東江は「ああ」と返事をしながら、脱いではくれない。

ひとつ目のボタンを外したところで手首を捕まれた。両腕を広げるようにベッドに押しつけられ、上から覗かれた。直樹を押さえつけたまま、東江の視線が下りていく。

ゆっくりと移動する視線に、もじもじと足を浮かせ、膝を立てた。腰を捻って晒されている部分を隠そうとするのを、東江がまだ見つめている。

「東江……」

腕を固定され、体を舐めるように見つめられて、恥ずかしさと、得体の知れない興奮とで体が熱くなる。

「もう、勘弁してくれよ」

東江の思惑に頓着《とんちゃく》せず、勝手に行動したことで、仕返しをされているのだと思った。

「教えろというから教えてやっているんだろう」

「何をだよ？」

直樹の問いに、東江は楽しそうに片眉を上げてみせ、尚も笑っている。

「分かんねえよ。ちゃんと分かるように教えてくれよ！　こっち見んなってば」

笑っている東江に抗議をしながら、いたたまれずに自分から視線を外した。

「直樹。こっちを向け」

「いやだ」

出会ったその日に全てを晒している。その後も一姫の扮装をする度に、体なんか何度も見られ、慣れていたはずだ。だが、今は状況が違う。

一姫としての直樹の仕上がりを確かめるためだった東江の視線が、今は別の色を載せて直樹の体を見つめ続ける。それだけで体が熱を持ち、そのことを知られてしまうのが、恥ずかしかった。

「……どうした？」

耳元で囁かれ、体が震える。摑まれた手首を振り払いたくても力が入らず、掌に汗をかいてきた。

「東江、嫌だ。離せ」

こういうのは嫌だ。こういうのは……困る。

「そのまま動かないでいるなら、手を離してあげるよ。どうだ？　約束できるか？」

一姫として教育されていたときのように、東江が先生のような声を出した。動いたら駄目なのか？　と眼で問うが、東江の瞳は動じない。言うことを聞かないと手を離してはもらえないらしいと悟り、コクコクと頷いた。

東江の指が離れ、解放される。起き上がった東江がまだ直樹を見つめている。掌の汗を拭《ぬぐ》いたいが、動いたら叱られると思い、我慢した。東江はそんな直樹を尚も笑顔で見つめ続ける。

東江の指が、つぅ、と肌を撫でてきた。ヒクっと体が跳ね、動いてはいけないと、ギュッと眼を閉じて我慢した。

「直樹、眼を開けて」

それなのに東江が眼を閉じてもいけないと、また命令してくる。鎖骨の上にあった指が撫でるようにして下りてきた。

「……あ」

胸元の小さな粒を掠《かす》めていき、思わず声が漏れ、慌てて唇を結ぶと、今度はそこだけを執《しつ》拗《よう》に弄られてしまった。

「東江……」

もう勘弁してくれと名前を呼ぶ。

「動くなと言っただろう」

体を捻って指から逃れようとしたら、またそう言われて大人しくされるままにする。

ただ見つめられ、胸の飾りをほんの少し悪戯されただけなのに、体が反応していく。触れていない下半身が熱をもたげ、はしたなく育っていくのがどうしようもなく恥ずかしかった。

「随分敏感なんだな」

「もう本当……東江、勘弁してくれ」

直樹の懇願にも東江は笑ったまま許してくれない。

「足を下ろして」

今度は立てている膝を伸ばせと言ってくる。嫌だと思うのに、逆らえない。言われた通りにそろそろと膝を伸ばすと、東江がふ、と笑い「そう。素直でいいね」と褒めてくれた。

胸先にあった指が上がってきて、直樹の唇に触れた。そっとなぞられ長い指が入ってくる。

「んんぅ……」

軽く出し入れされ、自然に舌が絡まる。指が動く度にチュ、プ、と音がした。出ていった指が再び直樹の胸に置かれる。自分の唾液で濡らされた東江の指がそこに触れ、先端がみるみる育っていき、痛いほどに感じている。

「……ぁ、……ん、ふ……」

「声を殺してはいけないよ」

直樹を見つめ続けていた顔が下りてきて、低い声で囁かれる。ズゥン、と腰に響くような低音に溜息と共に声が漏れ、視界がぼやけた。

「は、……ぁ、ああ……」

「……いい声だ」

「も……やだ……」

「どうしてだ？」

耳を擽《くすぐ》る低音で東江が聞いてくる。だって、そんな声で、こんなことをされたら……。

直樹の耳元にあった東江の顔が下りていき、指の置いてある場所に触れてきた。

「……あっ」

唇に含まれ、尖《とが》りを熱い舌で舐《ねぶ》られる。

「あ、あ、あ……」

ねっとりと舌を押しつけたかと思えば、今度は軽く嚙んできて、ユルユルと歯で扱《しご》かれると、動いてはいけないと思いながらも、体が勝手に跳ね上がり、声が漏れた。

唇で愛撫《あいぶ》を施しながら、東江の指がもう片方を可愛がり始める。指先で摘まれ、尖った先端を指の腹で撫でてくる。

「もう、マジ……やめて、東江……」

降参の声にも東江の動きは止まらず、直樹を一方的に愛撫し続ける。いつもの紳士然とした姿からは想像もつかないほど、指先も舌先も唇もいやらしく蠢《うごめ》いて、直樹を翻弄する。

上半身だけの刺激に、体が信じられないほど熱く、限界に届きそうなほど感じていた。身を捩《よじ》って回避したいが、東江が動いてはいけないと言ったから動けない。馬鹿正直な性格は、こんなときにも命令に従順で、東江の許可がないからと従い続けるしかない。

チュクチュクと音を立て、東江の唇が直樹の尖りきった先端を吸ってきた。舌が熱い。蠢く指先が……気持ちいい。

「東江……あがり……あ、ああ、あ、も、止め……ぁ、ああっ」

耐えきれずに命令を無視し、東江の頭を摑む。引き剝がそうとするのに東江の唇はそこから離れない。吸い付きながら舌先で転がされ、もう片方を指先で弾き、次にはキュっと摘まれ揺さぶられる。

「あっ、あっ、……っ、ぁ」

背中が撓《しな》る。唇に押しつけるように浮き上がった胸先を東江が強く吸ってきた。それと同時に限界を超えた熱が放出される。

「ん……あ……っ、は……」

大きく息を吐き、解放の虚脱感が訪れると共に、しでかしてしまった失態に声を失う。こんな……、たったこれだけの刺激であっけなく達してしまった自分が信じられなくて、途轍《とてつ》もなく恥ずかしい。

人をこんな目に遭わせた張本人は、驚いたような表情で直樹を上から覗いている。口元が綻んでいるのが憎たらしい。どうしてやろうかとその瞳を睨み返した。

「だから……やめろって、言ったのに……ばかやろう……」

直樹の悪態に、東江がまだ笑っている。悔し過ぎて泣きそうになった。だけどここで泣いたりなんかしたら、意地悪な東江は絶対に喜ぶだろうと思い、喜ばせるものかと歯を食い縛った。

頬を撫でられて、顔を背ける。

「直樹」

返事をしないでいると、横を向いている直樹の頬にキスをされた。それでも動かないでいると、直樹から離れ、体を起こした東江が立っていった。悔しくて怒っていたはずなのに、今度は呆れられてしまったのかと、不安になった。

慌てて起き上がると、すぐに戻ってきた東江が、またベッドに腰掛けてきた。手にはタオルを持っている。

「東江」

「そのまま」

促されて素直にもう一度横たわる。柔らかいタオルで汚れてしまった体を拭いてもらった。

「あの、……ごめん」

「なんでだ？」

謝る直樹に東江がやさしい声で聞いてくる。

「だってこんな……俺。呆れてんだろ」

勝手に全裸になりベッドに入って叱られて、その上ほんの少し触られただけで、ひとりで感じて達してしまった。あまりの失態に、穴があったら入りたいくらいだ。

「そんなことはない。おまえは性格も素直だが、体も素直なんだな。そういうのは嫌いじゃない」

「……本当か？」

笑顔で頷かれて、途端に機嫌が直ってしまうところが単純だ。そんな直樹の反応に、東江がまたやさしい顔を作る。

「おまえは本当に、可愛いな」

褒められて、へへ、と笑う。

「素直だし。……教え甲斐《がい》がある」

体を拭いてもらい、綺麗にしてもらった。ついでに靴下も脱がせてもらう。丁寧に脱がされ、傷跡のある左足を、そっと撫でてきた。

つま先にキスが落ちる。

上がってきた東江の背中を抱き、直樹からも迎えにいく。差し入れた舌を搦め捕られ、深く合わさった。顔の位置を変えながらキスを繰り返し、そうしながら東江のボタンに手を掛ける。今度は手首を摑まれることもなく、素直に東江が脱がされていった。

ボタンの全てを外し終えると、それを脱いだ東江が直樹の上に被さり、またキスを交わした。合わさる肌が温かく、心地好い。首筋に滑っていった唇で柔らかいところを吸われ、溜息と共に顎が上がった。掌で脇腹を撫でられ、それが下りていく動きに、期待した体が浮き上がり、性懲《しょうこ》りもなく反応していく。

「は……ぁ、あ」

一度解放したはずの熱がまた頭を擡《もた》げ、それを感じ取った東江が笑顔を見せる。恥ずかしさは残っていたけれど、そこが可愛いと思ってくれるなら、それで構わないと思った。

だって、ずっと待ち望んでいたのだ。

自分の見つめる顔を見つめ返し、強く抱きしめる。

「……やっとだ」

欲しい欲しいと訴え続け、いなされ、叱られ、待たされ続けていたものがやっと手に入る。

タオルと一緒に用意されたものを手に取っている東江を見つめる。

「ちゃんと用意があったんだな」

ローションを手に垂らしている東江にそう言うと、東江が「言っただろう」と返してきた。

「私だって楽しみにしていたんだよ。直樹」

その言葉ひとつで幸福感に包まれる。東江も直樹と同じにこうしてひとつになることを楽しみにしていてくれたのだ。

「うん。嬉しい」

再び直樹の上に被さってきた東江を、両腕を広げて迎え入れる。

「足を開いて」

素直に足を開き、宛《あて》がわれた指を受け入れた。

「んっ」

「力を抜け。そう。息を吐いて」

言われる通りに、はあ、と息を吐く。ゆっくりと侵入してくる感触を、目を閉じて迎えた。

やさしく、少しずつ、指が進んでくる。

「大丈夫か？　つらくないか？」

直樹の様子を観察しながら東江が聞いてくる。目を閉じたまま首を振って続けろと促した。

つらくない。つらくてもいい。

「我慢をするな。おまえはすぐに我慢をするから」

宥めるような声にふ、と笑い、東江の首に摑まっていた腕に力を込めた。キスが欲しいという直樹の要求に、東江が応えてくれた。

丁寧に解《ほぐ》され、指が増やされる。キスの合間に東江の吐息が漏れ聞こえた。直樹の準備が整うのを待ちながら、東江自身も高まっていると教えてくれる声が、嬉しかった。

「あっ……」

指先がある一点に触れると、体が跳ねた。直樹の反応を見て取った東江が、試すようにもう一度そこを掠めてきた。

「そ……こは……駄目、だ」

首を振って強すぎる刺激に抵抗する。

「強すぎるか？」

眉根を寄せて頷く直樹に、東江が素直にそこから離れてくれた。

指が三本に増やされる。溢れるほどに濡らされ、やさしく掻き回され、充分に開かれる。もう大丈夫だと思うのに、直樹に痛い思いを二度とさせたくない東江は、執拗に準備を繰り返す。異物感に耐え、必死に東江を受け入れようとしている直樹に、もう片方の手が宥めるようにして撫でてくれた。

「東江、もう……いいから、もう、来いってば……っ」

このまま責め続けられると、準備だけでまた達してしまいそうだ。

「東江……あ、がり……え……は、やく……もう……」

首に抱き付き、お願いだと必死に哀願する。直樹の訴えにようやく指を離し、東江が今度は自分の準備を始めた。

「東江……東江……」

離れてしまった体が恋しくて、そのあいだも東江の名前を呼び続ける。準備を終えた東江が再び直樹の上にきて、宥めるようなキスをくれた。

「起き上がれるか？」

そっと腕を引かれて身体を起こす。「手をついて」と言われるまま、膝立ちして壁に手をつくと、後ろから回ってきた腕に抱かれ、耳を嚙まれた。

「ん……」

仰《の》け反《ぞ》る顎を追いかけるように唇が這《は》い、耳を舐られる。水音と一緒に「力を抜いているんだぞ」と低い声で命令され、溜息で答えた。

腰を持たれ、先端が宛がわれる。待ち望んでいたものが、ゆっくりと力強く、直樹の中に押し込まれてくる。

「あ……ぁあ……」

指のときと同じように、慎重に進んでくる。息を吐き、体を柔らかくしながら、それを受け入れた。

「ああ……直樹……」

溜息のような声を漏らしながら、東江が直樹を呼んだ。貫いてしまいたい衝動があるだろうに、それを堪え、ゆっくりとゆっくりと、東江が直樹を征服していく。

「平気か？」

どこまでも直樹の体を労る東江がそう言い、平気だと答えた。絶対に、二度と痛い思いをさせないと誓った東江が施した準備だ。痛いはずがなかった。直樹の返事に安心したように、東江がゆっくりと体を揺らした。すべてを埋め込む前に動かされたそこは、さっき直樹が反応した場所だった。

「どうした？」

「あっ……あ、東江」

声を上げた直樹に、東江が聞いてくる。

「そこ……駄目だ」

「駄目か？　ここが？」

もう一度そこを刺激され、ヒクンと体が跳ねる。

「……駄目じゃないみたいだが？」

笑いを含んだ声に首を振る。

「嘘は駄目だぞ。直樹」

「違う……」

「ちゃんと言え」

また諭されて、返事を促される。

「どうしてほしいか言いなさい。そうしないと分からないだろう？」

「強いの……嫌だ。ゆっくりなら……いい」

おまえをよくしてやりたいのだとやさしく言われて、正直に答えた。強すぎる刺激は強烈過ぎて恐い。だけど、頭の芯《しん》が痺れそうなほど気持ちがいいのも確かなのだ。

「……ゆっくりだな。こうか？」

直樹の望むように、東江が静かに腰を揺らした。

「う……ん、は、ぁ……う、ん。……いい……」

「そうか」

東江が抱きしめてきた。体を撫でられ、甘い息が漏れる。動きに合わせて直樹の体も揺れだすと、次第にその揺れが速さを増していった。胸の辺りを撫でていた東江の手が下りていき、揺れと一緒に跳ねていた中心を握られた。

「あ、あっ、いや、だ……駄目、だ……ぁあ」

包んだ掌でゆるゆると動かされる。親指が先端を撫で、溢れてくる蜜《みつ》を塗り込めるようにしながら回され、東江の手が瞬く間に濡《ぬ》れていく。後ろから突かれて揺れている直樹の動きに合わせて、前にある手で扱かれ、声を上げながらどうしようもなく体が前後する。

「離……せ、あがり……え、離し……て……ぇ、駄目、だめ……」

「……どうして？」

「あ……ぁ、だ、って、また……は、ぁあ、ん……」

感じ過ぎる場所を同時に刺激され、またすぐにでも達しそうな兆しに、駄目だと抗議をするが、今度は聞いてはもらえなかった。壁に手をつき、抵抗できない直樹をいいことに、直樹の内側の敏感な場所を擦《こす》りながら、包まれた掌で激しく上下された。

「ん……んぁ、あ、あ、あ……ああ、あぁ」

腰が勝手に踊り出す。背中を撓らせて、仰け反った体を後ろから受け止められ、耳に舌先が入り込んできた。

「ああ、んっ」

グジュグジュと音を立て、熱い息が掛かったかと思うと、次には強く吸われた。

「ひ、ぃあ、……っんん、ん――」

堪える暇もなく、直樹の中心から熱が迸《ほとばし》る。東江が動く度に押されるように飛沫《しぶき》が散った。

「……またイッたな」

耳を舐りながらの声に返事をすることもできず、繰り返される抽挿《ちゅうそう》に性懲りもなく感じ、追い上げられた。

「あがり……ぇ、あ、だ、め……あ、あ、また……」

信じられない。今イッたばかりだというのに、すぐに次の波がやってくる。放出して萎えるはずの劣情は、昂《たか》ぶったまま東江の手の中で、自ら刺激を求めるように行き来している。

「は……っぁ、はあ、あ……っ……っ」

顎を跳ね上げ、声も上げられないまま、また達していた。

「……三回目」

耳元にある唇が、意地悪に直樹の達した数を数える。

「や、あ……あがりえ、や……や、っあぁ……」

「凄いな……直樹。四回目だ」
ズ、ンと、突然最奥を突かれ、頭が真っ白になった。回すようにして大きく出し入れされ、その度に声が上がった。仰け反った体は完全に東江の胸に預けられ、気が付くと腕を上げて後ろ手に東江の頭を抱いていた。直樹に抱かれたまま、東江も声を漏らしている。
直樹の中心を玩んでいた手はいつの間にか離れ、今は直樹の腰に当てられている。前への刺激がなくなっても、絶頂感は止まらなかった。激しく突き上げられては達し、大きな声が上がった。

「直樹……直樹……」

幾度目かの絶頂の合間に、東江の直樹を呼ぶ声が聞こえ、答えようとその頭を撫でる。「ああ……直樹」

深く、深く、東江が直樹の奥に入り込み、切なげな声を上げた。

「あ、あ、直樹……直樹……」

穿《うが》つ力が強まり、直樹の名を呼びながら東江が駆け上がってきた。きつく抱き締められ、大きな溜息とともに一瞬動きが止まる。

「ああ……」

東江が弾け、温かい感触に包まれたまま、後ろ手に大きな体を抱き続ける。

穏やかに揺らされて、しばらく余韻《よいん》を楽しんでいた体が離れ、東江が出ていくと同時に、直樹はベッドにパタリと崩れ落ちた。

ふぅ、と溜息を吐いてベッドに伸びている直樹の頬を、東江が撫でてきた。

「……疲れた」

「そうだろうな。平気か？」

労るような声を聞くが、疲れさせたのは誰だと、頬を撫でている手の持ち主を睨んだ。

「待っていろ。今体を拭いてやるから」

事後の疲れも見せない東江が、直樹の世話を焼こうと部屋から出ていった。

ベッドに取り残されたまま、ボウッとしていた。意識が半分飛びかけるほど翻弄されて、疲労困憊《ひろうこんぱい》だった。東江があんなに……すけべだとは思わなかったと、ついさっきの出来事を思い出して顔をニヤつかせる。そういえば、なんか教えてやると言っていたが、自分は何かを教わったのだろうか。ただただ玩ばれて、辱《はずかし》めを受け、鳴かされた覚えしかない。戻ってきたら聞いてみよう。

ああ、そういえば腹が減ったなと、仰向けになって天井を見上げた。これから外に出掛けるのも億劫だ。材料があればもんじゃでも作ってやるところだが、東江んちに鉄板なんかあるんだろうか。作ってやったら感激したりして。つうかこの部屋でもんじゃなんかやったら匂いがついてまた叱られるか。美味いのに、もんじゃ……。

天井を見上げながらそんなことを考え、東江を待つあいだに、大の字になったまま爆睡してしまい、また叱られる羽目になってしまうのだが。

こんにちは。もしくははじめまして。野原滋と申します。この度は拙作「つま先にキスして」をお読みくださり、ありがとうございます。

この作品は以前新人賞に投稿し、白泉社刊行の雑誌、小説花丸に参考掲載されたものを加筆修正したものです。今回ご縁あってルチル文庫として刊行するにあたり、双方の編集部さまには大変お世話になりましたことを、この場を借りて御礼申しあげます。

この作品を書こうと思ったきっかけは、某アイドルグループの総選挙なるものでした。全国に数百人いるというアイドルたちが一同に集まり、歌ったり踊ったりしている映像を観ながら「こんなにいっぱいいいたら、こっそり私が混じっても誰も気がつかねんじゃね？」という発想からでした。まあ私が乱入したら即座につまみ出されることは必至ですが、じゃあどんな手を使ったらさり気なく混じれるかと……。そんなことを考えながら「豪徳寺一姫」なるアイドルを作り上げました。

今まで私が書いてきたものは、日常に則ったお話がほとんどで、登場人物も普通の勤め人や学生ばかりでした。せっかく替え玉アイドルなんていうお話を書くのだから、設定もぶっ飛んだものをと頭を捻っていくうちに、こんな結果となった次第です。ふざけるならいっそ思いっきりふざけてみようかと。読者さまに「ねーよ！」と突っ込まれながら、ただただ楽しんでいただけたらなという気持ちで書きました。

文庫化するにあたり、担当さまにはたくさんのアドバイスをいただきました。受けキャラがあんななので、初稿段階でのエッチシーンはもうスポーツみたいになっておりまして。「東江こいよ、おら。突っ込めっつってんだよ」みたいな感じだったのを、「恥知らずの直樹に羞恥心を教えてさしあげなさい」というゲキ萌えのアイデアをいただき、鼻息が荒くなりました。とても楽しく書くことができました。ありがとうございます。

イラストを担当くださった鈴倉温先生にも、可愛らしいイラストを描いていただき、キャララフの段階から萌え転がりました。ラフのあちこちに、ヒールを履いてプルプルしている直樹や、重たいカツラを被って無理やり振り向く直樹、それからきりっとしている「あがりん」などが添えてあり、感激しました。本当に素敵なイラストをありがとうございます。

江戸っ子のおバカ直樹に笑っていただき、紳士な東江と一緒に呆れていただき、あり得ない展開に突っ込んでいただき、それでも本を閉じたときに「ああ面白かった」と、その一言が読者さまから聞くことができたなら、こんなに嬉しいことはありません。

次にもまた笑える楽しいお話をご用意する予定です。どうか次の機会にもこうしてお会いできますことを、心より願っております。

野原滋

✦初出　つま先にキスして……………小説花丸（2011年春の号・初夏の号）
「金魚は海を渡れるか」を改題、大幅加筆修正

野原滋先生、鈴倉温先生へのお便り、本作品に関するご意見、ご感想などは
〒151-0051 東京都渋谷区千駄ヶ谷 4-9-7
幻冬舎コミックス　ルチル文庫「つま先にキスして」係まで。

幻冬舎ルチル文庫
つま先にキスして

2013年7月20日　　第1刷発行

| | |
|---|---|
| ✦著者 | 野原 滋　のはら しげる |
| ✦発行人 | 伊藤嘉彦 |
| ✦発行元 | 株式会社 幻冬舎コミックス<br>〒151-0051 東京都渋谷区千駄ヶ谷 4-9-7<br>電話 03(5411)6431［編集］ |
| ✦発売元 | 株式会社 幻冬舎<br>〒151-0051 東京都渋谷区千駄ヶ谷 4-9-7<br>電話 03(5411)6222［営業］<br>振替 00120-8-767643 |
| ✦印刷・製本所 | 中央精版印刷株式会社 |

✦検印廃止


ISBN978-4-344-82885-8　C0193　Printed in Japan